Adolfo Cáceres Romero sobre "La Aventura del Anular Extraviado"

No esperaba encontrarme con un texto tan bello en mi correo digital. Es algo nuevo en nuestro ámbito literario. Un estilo fantástico que linda con lo gótico. Esta es una historia que hay que leerla varias veces y con calma, así se la disfruta en toda su esencia.

Augusto Guzmán sobre el "Apocalipsis de Antón"

Un libro del que la crítica no puede dar idea cabal. Tal es su singularidad en Bolivia y en Latinoamérica. Libro que hay que disfrutar. Por eso no necesita comentarista sino lectores, para identificarse con su pueblo cuyo espíritu y cuyo rostro ha estampado Von Vacano con estilo vigoroso, matizado y perdurable. Ese libro magnífico es "El Apocalipsis de Antón" que hay que repartir entre la gente como el pan de trigo y como la sal.

Gregory Rabassa sobre "Biting Silence"

El autor es boliviano y por lo tanto se ha visto forzado a viajar mucho debido a sus periódicos momentos de exilio. Un aspecto extremadamente importante de la novela que está también relacionado con la impresión individual es el estilo, que es fluido y podría llamarse "poético" si tal término no se hubiera hecho un cliché. Tiene un buen ritmo en español, y sigue la esencia del lenguaje. Me recuerda el estilo narrativo de Alejo Carpentier, quien también manejaba los cambios y las modulaciones tan bien. No debería haber problemas al hacer una traducción buena, hasta lírica, de este libro si es que el traductor sigue al autor.

Carlos D. Mesa G. sobre "Morder el Silencio"
Como retrato de un nivel, sobre todo *Morder el Silencio*, logra expresar a la clase media urbana a partir de una realidad individual. En la última obra de von Vacano vale la capacidad integradora del lenguaje, la valentía del asco interior y del asco de la violencia como presencia encarnada en el poder arbitrario y bárbaro.

NoticiasBolivianas.com sobre "Memoria del Vacío"
"Memoria del Vacío" es una prueba contundente de que cuando la literatura contemporánea boliviana sale del costumbrismo para explorar los tormentos y la belleza de la mente humana, más que un reflejo de una realidad distante y vivaz, esta literatura nos acerca a la universalidad del ser humano visto a través del prisma deformante de la cultura boliviana; es de ello que puede surgir una nueva imagen mental del ser boliviano.

Carlos Coello sobre "Sombra de Exilio"
"Este hombre que camina por sus paginas es tan humano que casi se palpa… Tiene el valor de una experiencia… las comparaciones son felices, justas, cabales. Las imágenes y metáforas, bellas…"

Libros de Arturo von Vacano

"Memoria del Vacío"
"Hombre Masa"
"La Aventura del Anular Extraviado"
"Biting Silence"
"Morder el Silencio"
"Los Laberintos de la Libertad"
 "El Apocalipsis de Antón"
"Sombra de Exilio"

LOS LABERINTOS

DE LA LIBERTAD

Para Marcela.
Como todo.
Como siempre.

LOS LABERINTOS

DE LA LIBERTAD

ARTURO VON VACANO

"LIBERACION DE LA FUERZA BRUTA Y LAS MENTIRAS,
NO IMPORTA QUE FORMA TOMEN"
ANTON CHEKHOV

PERSONAJES

Enrique y 219 Voces

Nota para el Productor:
Enrique es un boliviano de clase media.
Si usted ha visto a uno, los conoce a todos.

Es necesario haber visto alguna vez a cada Voz.
Si usted las ha visto, las conoce.
Si nunca las vio, vaya y mire.
Si mira usted bien, su público las conocerá.

Todos los personajes, con excepción de ENRIQUE (y, tal vez, KIKO), pueden ser representados por VOCES y sus correspondientes IMAGENES. Estas VOCES podrán ser actores, fotografías, pinturas, slides o diversas ilustraciones de las mismas, dependiendo ello de los medios dedicados a cada representación.
El texto de las Mujeres de Caracoles en MASACRE es una copia literal de una carta enviada por las mujeres del Centro Minero de Caracoles en Bolivia a la Iglesia Católica de Estados Unidos después del golpe militar de 1980.

Sinopsis de Escenas
Sur: La Paz, Bolivia
Norte: Nueva York
1980

NOTAS PARA UNA IMPROBABLE REPRESENTACION
LOS LABERINTOS DE LA LIBERTAD intenta ofrecer un fugaz vistazo del
pasado de ENRlQUE y de su origen mediante imágenes fijas de personajes
"tipo" actuales e históricos.
Estas imágenes se basarán en pinturas y retratos tomados de libros y museos
y en fotografías de personas anónimas que pueden conseguirse en archivos
fotográficos.
Se usarán las imágenes estáticas con libertad e imaginación para articular la
realidad "íntima" de cada Voz. Todos los personajes deben "construirse"
usando estas proyecciones mientras hablan. Tanto estas imágenes como la
música deben buscar gran autenticidad para impartir un agudo sentido de la
identidad de cada persona y lugar.
Notas breves acompañan a algunas Voces. La Noticia Alfabética sobre las
Voces podría incluirse al Programa de una representación ofrecida sobre una
escena compuesta de pantallas y un espacio central para una mesa y una
máquina de escribir.

SUR

Escena en penumbra. Fondo negro. Mesa rectangular frente a una silla.
Máquina de escribir sobre la mesa. Rumor de multitud en un salón grande.
Palabras sueltas en español e inglés.
Enrique sentado en primera fila.
Un parlante llama: Martínez, Pedro. Pedro Martínez. Martínez, Pedro.
Así, otros nombres. Rumor decrece. Pausa.
Enrique sube a escena. Avanza agachado. Camina nervioso, rápido.
Se sienta frente a la mesa para hablar con la Autoridad.
Enrique - Yo soy.
42. Blanco. ¿No blanco? Hispano? Bueno, hispano. Español, si. Inglés, no.
Francés, no. Casado. Una sola vez, claro. Cuatro hijos. Mujercita, varoncito,
mujercita, varón. 10. 9. 8. 29. (Saca un cigarrillo y lo enciende).
Yo escribo. De todo. Antes, era periodista. Hace mucho. No. Ahora ya no.
Escribo y leo. No. Ya no. Inglés, francés, alemán. ¿Cómo? Leyendo chistes.
Comik-buks. Batman. Donalduk. Poketbuks. Si. Si. Los libros eran más
baratos, pues. Si. Diccionarios. Si, leo inglés. Shakespear. No pronuncio
bien. Nunca tuve interés en pronunciarlo bien. No, tampoco hubo quien me
enseñara a pronunciarlo bien. Digo "guater" y es "uater", dice mi hijita de
ocho años.
Traduzco. Traduzco del inglés. Del francés. Inglés y francés. Si, y alemán.
Alemán también. No. No hablo francés. Ni una palabra. Bueno, si quiere:
monsiú. No, tampoco se pronunciar francés. Los libros no enseñan a

pronunciar ningún idioma, ¿sabe? (Fuma). ¿Qué? Usted perdone... (Mata el cigarrillo contra la suela del zapato). No, no vi el aviso. Si, bueno: vi el aviso. Muy nervioso. Estoy muy nervioso. Pero, bueno: ¡yo creí que este era un país libre!

(Saca otro cigarrillo. Se lo pone en la boca. No lo enciende. Lo manejará como si fumara).

¿El comienzo? Bueno... Yo nací en 1937... ¿No le interesa? ¿No tanto? Mi padre murió en 1957... ¿No le interesa tampoco? Pero bueno: ¿qué le interesa? ¿Cómo vine?

EL GOLPE

(Cambia la posición de la máquina de escribir. Ahora máquina y mesa son suyas. Combate lejano. Tos de fusiles. Una ametralladora. Rumor de explosiones y gritos. Enrique escribe a toda prisa. Bebe de una botella. Escribe con violencia. Se detiene. Se pone de pie. Camina de prisa. Se abre la camisa. Se remanga. Pasa los dedos por el cabello. Se sienta. Escribe otra vez. Mira al vacío y escucha, agitado).

Enrique - ¡Los matan! ¡Los matan, pues! ¡Los están matando! (Escribe dos o tres palabras). Los mataban, y yo sin otra cosa que el papel, la máquina y la botella. Quería escribir, quería combatir a mi modo, pero no podía. ¡No podía escribir! ¡Sudaba, lloraba, me asfixiaba! Los veía morir allí mismo, frente a mi ventana, y quería relatarlo todo. Quería anotar cada sacrificio, cada crimen, cada asesinato; todo, para que fueran inmortales. ¡Inmortales desde el momento mismo de su muerte! Pero no podía. ¡No podía! ¡No podía rescatarlos de la muerte!

(Pega con las manos contra la mesa. Se pone de pie. Camina angustiado. Escucha. El combate continúa. Gritos de mujeres, lejanos. Un cañón. Se cubre los oídos).

¡Basta! ¡Basta, basta, basta! ¡Dios mío, salva a mi gente! ¡Salva a mi pueblo, Dios mío! Pero es que yo, nunca... (Toma la botella y bebe un gran trago. Se estremece. Escucha. El combate se hace esporádico. Abre los ojos, enormes. Agacha la cabeza). ¡Los han vencido! ¡Los han vencido! ¡Los han muerto!

(Cae sobre la silla. Gime. Oculta la cara en las manos. Permanece inmóvil mientras los sonidos del combate van disminuyendo, como la luz en escena). (Penumbra).

Yolanda - ¿Enrique? Enrique... Enrique, estás ahí? ¿Qué haces? ¡Huye, Enrique! ¡Huye mientras hay tiempo! Vendrán por ti ahora... Ahora, que todo ha terminado, vendrán otra vez por ti ... Tú lo sabes, Enrique. ¿Enrique? Enrique... has bebido... Has bebido otra vez...

Enrique - ¿Eh? No... No... Estoy bien... (Se limpia la cara con el revés de la mano). ¿Yolanda? ¿Eres tú?

Yolanda - ¡Debes huir, Enrique! Vendrán por tí. Ahora mismo. Vendrán como vienen siempre, por la noche y sin un grito. Vendrán para matarte, para golpearnos... Debes huir. Debes huir ahora mismo. ¡Debes salvarte!

Enrique - ¿Por qué? Pero, no... No ahora... No vendrán. Hay otros, hay tantos... En verdad... ¿Tú crees?

Yolanda - ¡Huye, Enrique, huye! ¡Por ti y por nosotros!

Enrique - (Da dos pasos. se levanta la solapas. Vacila). Llueve. Llueve torrencialmente.¡Cómo llueve!

Yolanda - ¡Vete, Enrique. Vete ya. Rezaremos por tí. Dios nos ha protegido siempre. También nos ayudará esta vez...

Cecilia - ¡Vete, papá, por Dios! No temas por nosotros. Dios nos ayudará.

Alejo - Nosotros estaremos bien, papá. Todo saldrá bien. Cuídate mucho... ¡No nos olvides, papá!

Vera - Volverás... Volverás, ¿no es cierto, papito? Solo será por unos días, ¿verdad? Por unos días. Yo rezare por tí, papá, siempre. ¡Siempre! Y cuando vuelvas, te contaré mis soñanzas, todas mis soñanzas... (Llora).

(Enrique mira y busca en las sombras a los enemigos que le persiguen. Da dos o tres pasos. Mete la mano al bolsillo. Saca un arma. Vacila. Mira hacia atrás. Sale).

(Penumbra).

LA PIEL

(Enrique retorna por el lado opuesto. Camina hacia la mesa. Se apoya en la silla. Se pasa la mano por la cara).

Ranger - ¡Alto! ¿Quién va? ¡Alto, digo! (Disparo).

Enrique - (De cuclillas junto a la mesa). ¡Oh, Dios mío! Dios mío, protégeme... Protégeme por mi esposa, por mis hijos... Por mis pequeños hijos... (Inmóvil, espera. Luego se sienta frente a la mesa. Apoya la cabeza en la mesa. Queda inmóvil).

(Pausa).

(Lloro y parloteo de un bebé. Enrique escucha al bebé. Intenta ignorarlo. El bebé se impacienta, llora).

Enrique - Mis victimarios... y mis víctimas. (Escucha. Se encoge de hombros. Finalmente, lo acepta. Explica al público). Se llama Enrique, como yo. Jamás le vi de niño. Viví media vida sin saber que existía. Cuando nació regía entre nosotros el derecho de pernada, aunque había cambiado un tanto. Pero era común todavía, bastante común.

Maestra - Invento de los conquistadores, el derecho de pernada es aceptado.

Cura - Es como un defecto de carácter. Como beber mucho. Pecado venial.

Profesora - Es como no trabajar nunca. Un defecto social, nada más. Como una nariz fea.

Policía - No es un crimen. No es un delito.

Enrique - No supe que existía. Cuando le vi, no pude creer que existía. Nunca. Jamás pensé... No podía creer que era mío. No pude creer que... Era por la piel.

Enrique Peñaranda - La piel es nuestra primera circunstancia.

Tupac Katari - Nuestra ley primera.

Voces - ¡Somos racistas, nosotros!

Indio - Racistas hasta el extremo de no haber conocido jamás el racismo.

Enrique - Yo soy menos mestizo porque soy más blanco, pero hay otros menos mestizos porque son más cobrizos. Soy demasiado blanco para parecer mestizo, y nada tengo de cobrizo aunque soy mestizo. Soy un mestizo blanco, o sea que soy un mestizo que las cobrizos no aceptan porque soy blanco y que los blancos apenas aceptan porque soy apenas blanco... Soy, por eso, casi cobrizo, es decir, mestizo... (Sonríe, dudoso).

Profesor - El blanco, el cobrizo y el mestizo libran una batalla eterna en cada piel, en cada ojo, en cada mano, en cada célula...

Germán Busch - Además de combatir entre ellos siempre, siempre...

Universitario - Cada hombre, cada mujer y cada niño es un campo de batalla mortal en el que luchan rencorosos el cobrizo, el mestizo y el blanco.

Obrero - El pasado, el presente y el futuro...

Anciano - Si, pero, ¿Cuál es cuál? ¿Cuál vence, cuál? ¿Cuál y cuándo?

Médico - El proceso del mestizaje no ha concluido. No puede concluir nunca.

Secretaria - ¿Cuál vencerá? ¿Cuál vence?

Enrique - En el caso específico de Kiko... Si, le decimos Kiko porque a nadie se le va a ocurrir compararlo con Don Enrique, que soy yo, ni mucho menos con Don Humberto Enrique, que sería su abuelo pero que jamás será su abuelo aunque sea mi padre...

Cura - ¡Así nomás es, pues!

Enrique - ... En el caso de Kiko, digo, la piel lo condenó apenas hubo nacido porque sacó los ojos claros de su padre pero la piel de cobre de su madre.

Cura - Pecado que no se perdona.

Señora - Socialmente, claro.

Juez - No es un delito...

Abogado - ...es peor que un delito.

Policía - Vivimos en celdas, nosotros... Dándonos de codazos...

Miss Primavera - ...espiándonos la piel del cuerpo...

Franciscano - ...y la del alma... También la del alma.

Enrique - ...porque tiene su importancia, como se verá. Sólo mi nariz, este naso notable, nos permite adivinar que los abuelos de mis abuelos fueron indios. Hoy les llamamos campesinos, pero en verdad son los derrotados, sean indios o campesinos...

Kiko - La guerra de la piel es implacable.

Enrique - Por este lado, yo parezco biznieto de los conquistadores. Este perfil me permite ciertos privilegios, ciertos crímenes grandes y pequeños que, si las cometiera visto... (Gira) ...de este otro lado, me habrían enviado de seguro al camposanto. Por eso es que cuando se ha nacido con un perfil casi blanco, como este, se aprende con rapidez a usarlo cada vez que se puede, porque es un escudo contra los robos, las patadas y las torturas que sufren los otros... (Gira) ...los que tienen ambos perfiles americanos, es decir, indígenas.

Kiko - Es decir, los derrotados.

Enrique - El problema con Kiko es que nació con ambos perfiles indígenas. Ojos razgados, cara de cobre, pómulos pronunciados... En una palabra: indio.

Kiko - Indio. ¡Indio! Indio, es decir, criminal. El primer crimen del indio es nacer, porque nace derrotado.

Caballero - Derrotados y vencidos siempre, en todo lugar, a toda hora, en cada acto.

Enrique - Algún lugar y momento habrá, ¡porque ya son cinco siglos! Cinco siglos largos...

Francisco Pizarro - Y fue, pues, que erais demasiados... Paganos y herejes, si. ¡Pero tantos!

Diego de Almagro - ...hasta que os tragaron las minas. Os devoró la montaña de plata...   Las de cobre y las de oro...

Dominico - Y, pues, sabedlo: La carne es débil.

Luis Recio de León - Y sabedlo: ¡existe el derecho de pernada!

Escolar - Antes... En el Collasuyo, éramos felices todos, dicen.

Estudioso - Porque el estado socialista de los Incas...

Empresario - Cuentos... Son cuentos, ¡te digo yo! ¡Nunca hubo Incas! ¡Nunca!

Kuraka - Ama Sua. Ama Llulla. Ama Kella.

Académico - No seas flojo, no seas mentiroso, no seas ladrón. Ley sencilla.

Pastor Indio - ¡La Ley del Inca!

Agustino - ¡Historias de herejes! ¡Patrañas! ¡Blasfemias!

Francisco Pizarro - ¡Por aquí patanes, a haceros ricos!

Diego de Almagro - 0 para la península, bellacos, a haceros pobres... ¡Gañanes miserables!

Pedro de Anzúrez - Pero... escuchadme, pardiez: ¡la montaña de plata existe!

Nuflo de Chavez - Os lo juro por la salvación de mi alma: ¡la montaña de oro existe! ¡El Dorado existe! ¡El Gran Paititi existe!

Melchor de Rodas - Os lo juro por la santa cruz: La fuente de la juventud fluye allí, treinta jornadas al Poniente...

Martín de Robles - ¿Verdad? ¿Verdad, decís? ¡No hay más verdad que la plata, bergante!

Hombres - ¡La plata, la plata, la montaña de plata!

Simón I. Patiño - Señores del Directorio: ¡No hay más verdad que el estaño!

Obrero - ¡Más verdad que el petróleo, avisen al gerente general!

Traficante - ¡...que la coca y la María Juana!

Hombres - ¡El oro dorado, el oro negro, el oro verde!

Hombres - ¡Plata! ¡Estaño! ¡Petróleo! ¡Coca!

Inquisidor - ¡El fuego limpia, paganos, y la sangre lava las culpas, bárbaros!

Niño Indio - ¿Bárbaro yo, el inocente perdonado por el diluvio universal?

Profesor - ¡Bárbaro, olvidado por la historia!

Médico - ¡Bárbaro, ignorado por el progreso!

Cura - ¡Bárbaro, negado por sus dioses!

Militar - Carne cobriza... Carne de cañón... Carne...

Inquisidor - ¡Carne eternamente maldecida!

Virrey Toledo - Traed la civilización, el progreso y la fe: ¡quemad, quemad!

Vásquez de Urrea - Salvad las almas: ¡destruid, destruid!

Ranger - Por la libertad, muchachos: ¡denles con los tanques!

Boina Verde - ¡Sembraremos mañana!

Empresario - ¡Hoy es la hora del estaño, del petróleo y de la coca!

Hombres - Amén.

Diplomático - ¡Hoy es el día del helicóptero, el mercenario, el defoliante!

Hombres - Amén.

Mercenario - ¡La ametralladora, el cazabombardero, la tortura!

Hombres - Amén.

Chola - ¡Ah, pero hoy el mestizo tortura al mestizo!

Obrero - ¡El cobrizo mata al cobrizo!

Campesino - El blanco...

Niño Pastor - El blanco huye.

Siringuero - El que luce blanco huye.

Panadero - El disfrazado de blanco, huye.

Niño - ¿Por qué huye?

Kiko - La piel es la ley primera.

General - ¡...y la ley última!

Almirante - La piel dicta: este puede marcharse, viajar... vivir en cualquier otra parte del mundo... Marcharse, si puede, hasta el imperio donde jamás se pone el sol...

Escolar - En sus hijos, marcharse mañana a visitar la luna.

Universitario - Marcharse para compartir los días agridulces del siglo de la Galaxia...

Camionero - Para navegar por el tiempo y nadar en el espacio...

Periodista - Para sellar con su aliento la eternidad...

Turista - ¡Irse, marcharse, marcharse hasta inventar otros mundos!

Kiko - Pero la piel dicta:

Hombres - ...este, el de piel de cobre, ¡este no podrá marcharse nunca!

Vendedor - Jamás, porque no puede huir de su piel.

Secretaria - Si se marcha... Si intentara marcharse, atrevido e imprudente...

Alcalde - ...le acosarán como a un perro. Le dispararán con todo... Será como de humo. Le mirarán con asco. Lo negarán. Lo condenarán a la soledad y el silencio hasta enloquecerlo.

Maestro - No hablará el idioma de las Galaxias. No entenderá el pan nuestro del Bang primordial ni nada de nada. Nada entenderá, nada podrá decir...

Capataz - Como el pez fuera del agua, morirá, si no retorna.

Hacendado - Si no retorna muy pronto.

Empresario - Retornará, porque es un monstruo en el mundo ese de ahí afuera.

Maestro - Bicho raro de idioma extraño, raras costumbres, ojos en la nuca que sólo miran para atrás, fantasma de siglos muertos.

Universitario - También es verdad: ¡de veinte siglos muertos!

Catedrático - Veinte siglos de gloria que ya nadie recuerda; telarañas de vanidad de veinte siglos negados y olvidados...

General - La piel dicta: este no se va, fantasma de piel oscura, piel de cobre.

Comerciante - Paria por siempre vencido, despojo que nació ya muerto, que nunca comprendió su derrota, su humillación que ya dura cinco centurias...

Kiko - Este, el hombre de cobre, condenado a quedarse para siempre acezando en su tumba de viento, frío y violencia...

Hombres - ¡Para siempre!

Mallcu - En la jungla quemada, la selva destruida, el llano desierto, el valle desolado, los ríos envenenados... En mi mundo saqueado de nieve y viento, hambre y silencio...

EL ACOSO

Enrique - (Golpea las palmas de las manos). Es un verdadero enredo, créanmelo ustedes. Pero es verdad: si uno logra matar las voces que nos hablan desde nuestras propias venas, la cosa es simple: unos podemos irnos, intentamos irnos y... pues: nos vamos.

Niños - Se van.

Enrique - Los otros, los de la piel oscura, no pueden irse, porque no han empezado siquiera a deletrear este siglo de las maravillas...

Locutor - Siglo del supersónico, la computadora y el hermafrodita...

Enrique - (Agita la cabeza. Rechaza las voces). Basta ya. Basta. En este pantano de incertidumbres, lo peor es que nadie se ahoga ni nadie respira. Nadie vive ni nadie deja vivir. Nos movemos, todos, ciegos y torpes, a tropezones...

Mamani - Vamos, anda: dilo.

Enrique - Las voces de mis venas me dicen que esos que me acosan y husmean mi sangre al otro lado del muro de adobe son los que eligieron no marcharse nunca... Los que nunca se irán...

Voz - (Soldados en combate urbano). Los que eligieron matar su propia simiente.

Voz - (Soldados en combate minero). Los que eligieron librar sus guerras contra su propio padre, contra su hermano, sus hijos, contra su madre y su raza.

Voz - (Tanques en una plaza). Los que prefirieron quemar la tierra, torturar, lacerar.

Voz - (Parada militar). Aprendieron a odiar su propia piel.

Voz - (Rangers en acción). Los que nunca se marcharán.

Voz - (Boinas Rojas desfilan). Los asesinos profesionales de su propia sangre.

Voz - (General en uniforme de parada). Eternos asesinos de su propia sangre.

Enrique - Esos.... Esos: ¡los militares!

(Ruidos de fusiles. Carreras. Botas. Gritos. Ordenes. Enfermeros de mandil blanco y armados de metralletas, enmascarados como médicos, giran alrededor de Enrique, protegido por una pared irvisible).

Voz - ¡Busquen a ese carajo! ¡Mil pesos al que lo encuentre!

(**Enrique** sentado. Los codos sobre la mesa. Tiene un arma en la mano. Los mercenarios se acercan por la derecha).

Soldado - ¡Aquí mi teniente! ¡Está aquí!

(Golpes contra una puerta. Ruidos. Enrique levanta el arma con ambas manos y apunta hacia la derecha. Tiembla, tendido casi sobre la mesa).

Boina Roja - ¡Allí no hay nada, estúpidos! ¡Sólo hay ratas!

(Se alejan. Enrique baja el arma lentamente. Pausa. Sonidos por la izquierda. Enrique se vuelve, apoyado casi de espaldas contra la mesa).

Marino - ¿Y este cuartucho? ¿Ha mirado alguien en este cuarto? ¡Aquí debe estar! ¡Tiene que estar aquí! ¡Aquí, aquí!

(Enrique levanta con esfuerzo el arma y apunta contra las voces. Estira los brazos, tembloroso, sujetando el arma. Pausa).

Civil armado - ¡Allí no hay nada, Rogelio! No hay nadie, dice el teniente. Ya, vámonos.

(Se alejan. Enrique baja los brazos lentamente. Suspira. Se limpia el sudor de la frente. Pausa. Ruidos desde el fondo. Enrique se vuelve, dándonos la espalda).

Civil armado - ¡Aquí, muchachos, aquí! ¡Aquí tiene que estar! Ya lo hemos mirado todo, no hay otro lugar. ¡Abran ese puerta!

(Enrique cae de rodillas. Levanta los brazos y apunta. Acurrucado, espera). (Pausa).

Enfermero armado - No, hombre. El teniente ya miró en ese cuarto. No hay nada. Está vacío. Ya, vámonos.

(Se alejan. Enrique se dobla y apoya la frente en el piso. Silencio. Pausa. Se pone de pie trabajosamente. Da dos pasos y se sienta en la silla. Tiembla. Intenta ponerse de pie. No puede. Tiembla. No puede dominarse. Espera. Por fin, de pie).

Enrique - No me encontrarán... Nunca. Nunca me encontrarán... Vivo.

(Da dos pasos. Se vuelve. Se agacha. Vomita. Se sacude violentamente. Después, se calma. Se limpia la cara. Se tranquiliza. Mete el arma en el bolsillo. Camina hasta un extremo de la escena. Espía a un lado y al otro). (Pausa).

Mamani - Enrique.

Enrique - (Asustado). ¡Nunca!

Mamani - Calla, Enrique. Soy yo.

Enrique - ¿Eh? ¿Tú, Mamani? Pero, ¿qué haces tú aquí?

Mamani - Vine a sacarte de este embrollo.

Enrique - (Camina agachado hasta el centro de la escena). Nadie puede sacarme de este embrollo. (Vacila). Están en todas partes. Me acosan, me persiguen. Quiere mi pellejo... Me... necesita...

Mamani - Cálmate, Enrique. También saldremos de esta, ya lo verás. (Enrique se detiene. Queda mirándose la punta de los zapatos).

Mamani - Tú caminas como si nada. Yo te cubro. Si necesitas correr, pues corres. La cuestión es hacerlo natural, muy natural. No te delates. No pienses en lo que estás haciendo, entiendes? Camina pensando en alga agradable, algo bonito. Te olvidas de que tú eres tú y entras en la embajada. Entras con calma. La cosa más natural del mundo.

Enrique - Pero, ¿y tú, Mamani?

Mamani - Yo te cubro. Y después, te sigo. Pero no te preocupes: no pasará nada. Nadie se acuerda de nosotros. Hay muchos peces gordos. A esos los buscan ahora.

Enrique - Camino, pienso en algo agradable... Algo agradable... ¿Cuándo? ¿Ahora?

Mamani - ¡Ahora!

(Enrique avanza a paso vivo. Da dos o tres pasos).

Voz - ¡Alto ahí! ¡Párate allí mismo, carajo!

Kiko - ¡Te tengo, te tengo! ¡Entrégate!

Enrique - (Se vuelve). ¿Quién me habla? ¡Tú! Tú... (Se vuelve y corre. Sale).

Mamani - ¡Corre! ¡Corre, Enrique!

(Disparos. Carreras. Gritos).

Soldado - ¡Mátenlo! ¡Mátenlo a ese! ¡Ríndete! ¡Alto!

Kiko - ¡Mamani! ¡Te tengo!

Mamani - ¡Jamás vivo, masacrador!

(Disparo. Mamani grita en agonía. Silencio).

(Pausa).

LA CAPTURA

(Enrique entra corriendo por el extremo opuesto. Se detiene. Se endereza muy agitado).

Enrique - ¡Asilo! ¡Asilo! ¡Demando asilo político!

Embajador - ¡Buenas tardes, don Enrique!

Enrique - ¡Señor Embajador!

Embajador - Tranquilo, tranquilo, don Enrique. Lo peor ya pasó. Hágame el servicio: pase usted.

Enrique - (Se tranquiliza. Cambia de actitud). Es usted tan amable. Gracias, señor Embajador.

Embajador - No faltaría más... Un deber elemental... Nobleza obliga, como aún se dice...

(Enrique da dos pasos. Cambia de postura. Una mano en un bolsillo, la otra sostiene un vaso. Bebe un trago).

Embajador - Esto será largo, don Enrique. Pero, al menos, estará cómodo aquí.

Enrique - Gracias, señor Embajador.

Embajador - ¿Conocía usted nuestra biblioteca?

Enrique - Pues no, señor Embajador.

Embajador - Pase usted. Pase usted, hágame el servicio.

Enrique - (Avanza dos pasos. Se pierde en las sombras). Veamos, pues, su biblioteca, señor Embajador.

(En la distancia, descargas y disparos. Algún grito lejano).

Embajador - Este es Neruda, don Enrique... edición de oro…

Enrique - ...Puedo escribir los versos más tristes esta noche...

Voz - Escribir, por ejemplo...

(Sonidos de una imprenta).

Voz Varonil - Escribir, por ejemplo, la verdad, a dos columnas y día por medio: el poder de la prensa.

Enrique - Yo soy la Voz del pueblo: la verdad, a dos columnas y día por medio.

Editor - No siga escribiendo esas cosas; ¡lo van a moler a patadas!

Enrique - Lo digo, lo afirmo y lo escribo: ¡La verdadera causa de la crisis es la corrupción a alto nivel de gobierno!

(La máquina se rompe. Golpes. Cristales rotos. Muebles destruidos).

Editor - Ya ve; ahora va preso.

Reportera - Y después, a enterrarlo.

Portero - Si no lo desaparecen, como a los otros.

Enrique - Pero no pueden hacerme eso por escribir una frase... ¡Una sola frase!

(Enrique sentado de espaldas a la mesa. Una luz lo ciega. Es interrogado).

Atlas - ¿Quién escribió eso, ah? ¿Quién carajo escribió eso?

Enrique - Yo. Yo lo escribí... Pero, ¡es la verdad!

(Oscuridad. Golpes. Carcajadas. Aullidos. Risas. Gritos).

Atlas - ¿La verdad, ah? (Risas). Y sobre esta verdad, ¿no va a escribir nada, el caballero? ¡Toma, tu verdad! (Golpe. Quejido). ¡Aprende tu verdad! ¡Aprende así!

(Ruido de aparato eléctrico. Aullido. Risas. Oscuridad).

(Pausa).

(Luz tenue).

Enrique - (Tendido en cruz sobre la mesa). Nada en este mundo me aterra más que la tortura... La piel es un abrigo de agujas de fuego... Las llamas en los párpados... y el ojo... En la oscuridad, uno descubre que el ojo... El ojo propio... Pero a mí no podían hacerme nada... No podían hacerme nada porque soy la voz del pueblo. Yo escribo, la gente me respeta... Temen a la gente.

(Se apoya en un codo con dificultad. Tiene el otro brazo torcido y un ojo cubierto de sangre negra). ¿Quién anda allí? ¿Quién está allí? (Levanta la cabeza como un ciego). ¿Quién es? No me toque... ¡No me toquen las manos! (Tiembla). Tengo sed... Tengo sed... Ayúdeme usted, quien quiera que sea...

Me han quebrado los dedos... los dedos... Algunos dedos... Por una frase, una sola frase... Mis ojos... ¡Mi ojo! (Deja caer la cabeza, vencido).

Daniel - Don Enrique... Tengo un mensaje...

Enrique - ¿Yolanda? ¿Yolanda? ¡Pobre Yolanda! Dios... Dios la bendiga. Y los chicos... ¿Vió a mis hijos?

Daniel - No, don Enrique... Sólo tengo este papel.

Enrique - Oh, por favor... Por favor...

Yolanda - "Querido Enrique: Todos rezamos por tí. No nos dicen donde estás, ni si vives aún, pero siento que volveremos a vernos. Ten fe, Enrique. Estamos bien. Estudiamos y trabajamos juntos. Estoy orgullosa de mis hijos, tus hijos. No puedo escribir más. Un beso, Yolanda".

Enrique - (Levanta la cabeza). Yolanda. Yolanda... Orgullosa... Mis hijos... mis hijos... ¡Mis ojos! ¡Canallas, mis ojos! ¡Mis ojos! (Cae de rodillas y se derrumba).

(En el piso, el haz de luz se centra en su cabeza. Botas militares caminan alrededor de su cuerpo).

Loayza - Pero nosotros somos generosos. Generosos y patriotas.

Benavidez - Usted tiene suerte: puede elegir.

Enrique - ¿Elegir? ¿Elegir? ¿Qué puedo elegir?

Loayza - ¡Todo depende de usted, infeliz!

Benavidez - Publica una palabra más...

Loayza - Una sola palabras más... ¡y no sólo será su pellejo!

Benavidez - ¡Se mueren todos! ¡Todos! ¿Entiende, imbecil?

Enrique - Mi... ¿Mi familia? ¿Mis...?

Loayza - ¡Todos!

Enrique - La muerte, la tortura... ¿o el silencio?

Loayza - ¡El silencio absoluto!

Enrique - ¡Pero ellos son inocentes!

Loayza - ¡Nadie es inocente!

Enrique - Su vida a cambio de mi silencio...

Benavidez - 0 la paz del cementerio para usted y para sus... ¡hijitos!

Loayza - ¿Lo entiende ahora, idiota?

(Pausa).

(Enrique se pone de pie con gran dificultad. Se sienta en la silla. Se acomoda. Intenta explicarse ante los espectadores).

Enrique - Lo entiendo. No pude entenderlo antes, pero ahora lo entiendo... Lo entiendo muy bien. Perfectamente... (Sentado ante la mesa, vencido. Mira al público). Le entendí cada palabra. Entendí la amenaza. No sólo mi muerte, la tortura, sino la muerte de los míos... La tortura de mis niños... (Se agacha y mira la punta de sus zapatos).

Elegí, pues. Elegí el silencio. La vida se convirtió en ceniza y los ojos se me nublaron. No escribí nada más. No publiqué nada. (Pausa. Levanta la cabeza).

Ellos no lo sabían, pero me mataron.

(Pausa).

EL CONFLICTO

Yolanda - Enrique, bebes mucho. Cuídate, Enrique. Cuida tu salud.
Enrique - Bien, yo bebo.

(Coge una botella y bebe, sentado ante la mesa. Música aymara). Yo bebo. Yo bailo. No pienso. No hablo. Bebo. Bailo. No pienso. No pienso. No escribo. Bailo.

Cuando bailamos en las calles, en las plazas, en los cementerios y en los enormes desiertos helados de nuestro mundo... (Música. Baila). Bailamos así. Es muy fácil porque es elemental. Es primordial. Es música pentatónica. Anterior al diluvio. Bailamos así porque bailamos la niñez de Dios. Nuestra infancia. Eterna infancia. Somos niños, que saltamos. Niños, que bailamos. Es una alegría infantil de vivir. Una alegría sencilla, una alegría simple... Una alegría... amarga. (Se detiene). Una angustiada alegría. Alegría muda y desesperada porque no muera la esperanza jamás. Pero bailamos días y noches, noches y días, sin cesar. Nos llenamos de alcohol y de música y bailamos, bailamos, bailamos hasta caer dormidos en el polvo de nuestras callecitas de piedra y de luna, ¡plop! (Se derrumba).

(Desde el piso).

Es una alegría amarga, angustiada y más triste que la misma muerte, porque somos esclavos. Esclavos durante siglos, clavados a esta tierra huraña que hace de madero divino. Esclavos de cien mil espejismos.

(De rodillas).

Pero la lucha continúa. Es una lucha perenne, una lucha que nació con esta música. Un lucha de heroísmos increíbles. Lucha de hombres desnudos, sin armas, sin voces, sin ecos, sin dioses ni banderas... Abandonados como estamos por nuestro dios, sea quien sea ese dios...

(De pie).

Es una lucha ciega. Una lucha nacida, de los más puros ideales. Sólo la limpieza absoluta de sus ideales puede hacer héroes titánicos como mis héroes, estos héroes infantiles, estos fanáticos de cada ideal: nadie les adoctrina, nadie les catequiza, nadie les conciencia, nadie les abre una puerta a la comunión humana... Mis héroes anónimos y rechazados por su dios renegado se yerguen en la puerta de sus cuevas y sorben la fuerza y la furia de su rebeldía mirando morir al sol, sol eternamente ajeno...

Se sueñan este mundo como debió ser, no como en verdad es, rechazan este pesadilla absurda y constante y optan por su bello sueño, al que jamás renunciarán... Con esa fuerza y esa furia avanzan tras su visión irresistible y someten después sus carnes escuálidas a la tortura, a la violación, al fuego, la ceguera, al odio de sus enemigos. Así han vivido por cinco siglos hasta tender el arco blanco de un puente de huesos que abraza el orbe, pero nace y muere en sus chozas... Su hambre, su heroísmo y su vano sacrificio son las ofrendas que hace este siglo a los dioses de la avaricia y la lujuria, la droga y el espacio.

(Abre los brazos).

Son los campesinos.

Enraizados en la tierra, en bosques, selvas y llanos, hacen su homenaje cotidiano al bárbaro dios que bendice otras tierras y les priva del pan que siembran, les quita maderas, granos, pieles y uñas hasta quemarles la sangre que empeñan para proteger su simiente.

Pero luchan. Lucharán hasta agotar los siglos.

Son los obreros.

Quebrados por una sorda rutina, por el golpeteo eterno de la máquina ajena, por el humo, los gases y las sombras perennes, jamás visten el tejido que hilan, nunca ven más que un pan mínimo en su mesa, y lo entregan todo al bárbaro dios que bendice otros tierras y les asigna el destino de morir un día desnudos, solos y desesperados, víctimas de su vana rebeldía contra su dios renegado.

Pero luchan. Lucharán hasta agotar los siglos.

Son los mineros.

Clavados en la tierra a mil fondos de profundidad en homenaje eterno al dios bárbaro que bendice otras tierras, otras montañas, otras labores, otras glorias, jamás vieron el brillo acerado del metal que extraen con las manos desnudas, jamás les alcanza el sacrificio de sus brazos para preservar su simiente.

Pero luchan. Lucharán hasta agotar los siglos.

(Cruza las manos sobre el pecho).

Su muerte engendró mi vida.

Los siento y los veo aquí mismo, dentro de mi corazón. Vivo la profundidad asfixiante de sus contradicciones. Siento la angustia inmensa de saberlos rechazados en el festín de los siglos. Se cuan amarga es la soledad de saberse la hojarasca que alimenta el hartazgo de otras gentes, gentes que no conocemos, que jamás hemos visto, gentes que nunca quisieron estrecharnos la mano.

¿Cómo no voy a comprenderlo?

Ellos viven en mí. Los palpo en mí. Los huelo. Los escucho. Son míos, en mí están, en mí hablan, gimen y gritan. Soy el alarido de su angustia. Soy la voz tronchada de su pena. Soy el gemido de su tortura. Yo soy, también, polvo de esa tierra, gota de esas aguas, vida de ese sol en la eterna altiplanicie... Yo soy, y con cuanta humildad lo digo, también parte de ese pueblo...

LA MASACRE

Voces - ¡El pueblo... unido... jamás será vencido!

Universitario - ¡Libertad! ¡Libertad! ¡Libertad!

Escolar - ¡Elecciones!

Empleado - ¡Democracia! ¡Democracia!

Obrero - ¡Libertad! ¡Democracia! ¡Elecciones!

Voces - ¡El pueblo... unido... jamás será vencido!

Enrique - Un día salió el sol. Salió por tres días, pero salió.

Sastre - ¡Sólo hay dos caminos para los militares!

Carnicero - Servir al pueblo, ser parte de su pueblo...

Panadera - ¡...o ser los eternos verdugos de su pueblo!

Chofer - ¡Eternos verdugos de su pueblo!

Campesino - ¡Eternos verdugos!

Anciana - ¡Verdugos, verdugos, verdugos!

Voces - ¡El pueblo... unido... jamás será vencido!

(Se repiten y se pierden en la distancia).

Enrique - (Escucha y hace eco). ¡El pueblo, unido, jamás será vencido!

El pueblo...unido... (Vacila). ...Al tercer día, el sol se apagó. El pueblo, unido, fue vencido.

Fue vencido en las calles. En las plazas fue vencido. En los parques, en sus hogares, en sus hombres fuertes fue vencido. Fue vencido en la virginidad de sus mujeres, en la inocencia de sus niños fue vencido.

El pueblo, unido, fue vencido.

Fue ametrallado en las fábricas, fue masacrado en las llanuras, fue decapitado en las calles, fue escarnecido en los valles, torturado y masacrado en las minas.

Su derrota no fue un secreto: se publicó en los diarios del mundo, se escuchó en las radios de honda corta, se filmó para los noticieros de las siete de la noche, hora de cenar. En tres días, mataron a tres mil personas.

Maestra - Una guerra de tanques y metralletas contra pechos desnudos.

Sacerdote - Un genocidio bajo las estrellas, ante el silencio del mundo.

Anciano - La conciencia también se dopa, y el pez grande se come al pez chico. No hay más ley.

Enrique - Al tercer día, el sol se apagó.

(Las mujeres leerán el siguiente texto auténtico como una oración. Este texto es copiado literalmente de una carta enviada por las mujeres de Caracoles a la Iglesia Católica de Estados Unidos.)

(Las imágenes serán de hombres, mujeres y niños en las minas, campamentos mineros, desfiles y fiestas mineras, en los socavones, y buscarán resaltar su calidad humana).

Mujeres - Los militares atacaron Caracoles con cañones, morteros, tanques y aviones de guerra.

Nuestros maridos se defendieron con palos, piedras y algunas cargas de dinamita.

Los mineros fueron exterminados y los sobrevivientes huyeron a las cerros.

Los militares los persiguieron, ultimando a los hombres en la mina.

Apresaron a otros y los torturaron y a muchos los atravesaron con sus bayonetas.

También a los heridos los degollaron.

A un minero le metieron dinamita en la boca y lo hicieron volar en pedazos.

A los niños los azotaron con cables eléctricos y les hicieron comer pólvora.

A los jovencitos les hicieron echar sobre vidrio quebrado y obligaron a las mujeres a pasar sobre ellos. Luego los soldados pasaron por encima de ellos.

Los del ejército parecían perros salvajes porque estaban drogados y no vacilaron en violarnos, también a las jovencitas y hasta a las niñas.

Sacrificaron ovejas, gallinas, cerdos, hombres, mujeres y niños.

Cargaron los muertos y los heridos en sus camiones.

Se llevaron a los presos amarrados con alambres.

A las mujeres nos prohibieron recoger a los muertos para darles sepultura.

"No hay orden", nos dijeron.

Y cuando pudimos acercarnos a los muertos, sólo encontramos camisas, sacos, zapatos, pantalones empapados en sangre.

Nuestros muertos habían desaparecido.

Los tiraron en una fosa detrás del cementerio y no nos dejaron identificar a nuestros muertos.

Andrés Vilca se volvió loco.

Mujer Minera - Nuestro pueblo, unido, fue vencido.

(Sombras).

(Pausa. Luz).

Enrique - (De pie, delante de la mesa). Esa vez, ni siquiera pude despedirme de mis hijos. Me acosaron como fieras, como animales dañinos...

Soldado - (Sombra proyectada). ¿Quién escribió eso, carajo?

Marino -	(id)	¿Quién nos llama verdugos del pueblo?
Ranger -	(id)	¿Quién maldice nuestro honor?
Boina Roja -	(id)	¿Quién insulta nuestro patriotismo?
Kiko -	(id)	¡Busquen a ese carajo!

Carabinero -   (id)   ¡Mil pesos al que lo encuentre!

Enrique - (Hunde la cabeza mientras escucha. Luego mira al público). No me encontrarán. Jamás me encontrarán... vivo. Nada me aterra más que la tortura. (Se toma la cabeza entre las manos).

EL EXILIO

Embajador - Don Enrique...

Enrique - ¿Eh? Si... presente.

Embajador - ¡Congratulaciones, don Enrique! ¡Llegó su salvoconducto! ¡Es usted un hombre libre!

Enrique - (Sin moverse). ¿Libre al fin?

Embajador - Libre al fin. Yo mismo le acompañaré al aeropuerto.

Enrique - (Inmóvil). Gracias, señor Embajador. (Se pone de pie. Se pasea). ¡Libre! Libre. ¿Libre? Libre... ¿para qué? ¿A dónde voy yo, ahora? ¿A qué rincón del mundo? ¿Del mundo ancho y ajeno? Libre. ¿Libre? ¿Quién quiere ser libre... así? (Pausa). Yo. Yo quiero ser libre. Yo debo ser libre. Tengo la obligación de ser libre. El deber de ser libre, porque no he concluido mi obra. No. No que no. Debo comenzar otra vez. (Acepta la situación. Se pasa la mano por el cabello. Se endereza. Adopta un aire casi heroico).

Embajador - Y ahora... ¿A dónde, don Enrique?

Enrique - ¿A dónde? ¿Qué se yo, amigo mío? ¡Se hace camino al andar!

Embajador - ¡Qué don Enrique este! ¿Ya salio del país? Digo, ya salió, ¿antes?

Enrique - Este es mi cuarto exilio.

Embajador - ¿Cuarto exilio? ¡Pero, hombre!

Enrique - ¿Qué quiere usted? Es mi destino. Jamás un refugio. Jamás un día de paz, de calma. Soy un vagabundo trashumante... Además, debo continuar. No he concluido mi obra.

Embajador - ¡Que sea con suerte, don Enrique!

Enrique - ¡Conmigo cabalga Dios!

(Se sienta. Mira alrededor, extraviado).

(Pausa).

(Enrique se coloca un cigarrillo sin encender en la boca. Se vuelve, mirando por sobre la mesa).

Enrique - Así vine. Una larga ruta sembrada de peligros y de sacrificios. Pero estoy aquí. Fue pura suerte. Mala suerte, si usted quiere. Me dormí en el avión porque no había dormido tranquilo por mucho tiempo. Desperté aquí. Pido asilo político. Soy un refugiado legítimo. Y no he terminado mi obra. (Se cruza de brazos, casi indiferente).

(Ruido de máquinas de describir. Golpes de sellos sobre la mesa. Se pone de pie y agradece, cortés).

Enrique - Gracias. Muchas gracias. Claro. Volveré. Volveré en un mes. (Se vuelve v camina para salir. Se detiene). ¿Libre? Libre. ¿Quién quiere ser libre, así? (Pausa). Yo. Yo quiero ser libre. Debo ser libre. (Sale por la derecha).

(Entra por la izquierda. Se sienta ante la mesa. Se dispone a escribir).

Enrique - Voy a tratar otra vez ... Voy a comenzar una vez más.. Voy a perseguir mis... mis ... ¿Cómo decía mi hijita?

Vera - Papá... Papá ... Quiero contarte mis soñanzas... Todas mis soñanzas...

Yolanda - ¿Qué tiene, doctor? ¿Qué es lo que tiene?

Vera - Mis soñanzas... Para mi papá...

Enrique - La noche es mía... mía... Mía. Para mí. Para mí solo, y para mis soñanzas. (Comienza a escribir).

Yolanda - Era su mimada. ¡Lo extraña tanto!

Médico - ¿Dónde esta el padre, señora?

Yolanda - Viajando... Exiliado.

Vera - Mi papá... Mi papá... ¿Dónde esta mi papá? Quiero contarle mis soñanzas. Todas mis soñanzas...

Enrique - (Deja de escribir). Mis soñanzas, todas mis soñanzas... ¿A ver? (Lee). No está mal... Mal, no está. (Escribe. Se detiene. Lee). No. No. ¡No! ¡Está mal! (Lee). No me gusta. No es natural. No tiene fuerza. No es lo que quería decir yo. Es falso, es artificial. Veamos. (Escribe. Lee. Escribe). Ahora ya no me acuerdo cómo era, exactamente. No era así. Así no era. (Escribe. Lee. Escribe. Se hecha para atrás). No era así. ¿Cómo era? ¡Lo vi mil veces! ¡Lo sentí mil veces! ¡Sólo había que escribirlo! (Lee). Pero no es esto. Esto, no es. ¡No, no, no! ¡Mil veces, no! Pero... ¿Es que nunca podré hacer otra

cosa que espuma? (De pie, se pasea agitado). Otra vez... ¿Sólo espuma?
¿Sólo esta... esta... telaraña, otra vez? Pero, ¿qué suplicio es este?
¿Por qué yo...? ¿Por qué... yo?
(Vacila. Mira al público. Vacila. Se decide).
Eso mismo. ¡Eso! Eso. ¿Por qué yo? ¿Por qué he nacido así, yo?
¿Por qué no soy más que un mono con piedras en el paladar?
Un maldito mono atragantado que busca su voz en la tormenta, un mono
angustiado que adivina la cuadratura del círculo en un relámpago pero que
luego tartamudea, escupe, vomita y ruge... Pero no vomita más que espuma,
nada más que espuma cuando ruge?
¿Por qué soy así, yo? ¿Qué condena es esta? ¿Por cuál delito? ¿Por qué
pecado?
(Se cubre el rostro con las manos).
Otros luchan. Otros gritan. Otros huyen. Otros lloran. Otros matan, en fin,
cuando la vida les asfixia. Yo escribo. Yo escribo. Escribo siempre. Escribo...
esto. Sólo para escribir vivo. Viví muchas vidas sólo para dar testimonio. Fui
marino, mendigo, obrero, lavaplatos fui, fui... fui exiliado, en una palabra.
Exiliado de la patria, exiliado de la vida, exiliado del mundo, sólo para
escribir... Pero, hasta cuándo este equilibrio tan doloroso entre el gemido y la
sonrisa? ¿Cómo se puede vivir así, colgado de este tenue hilo del absurdo?
Dediqué mi vida a ver morir gentes por causas justas y heroicas... Soy
testigo: reconocí el valor de esas causas; pero no soy actor: nunca las
reconocí como mías... El drama humano no era escrito para que yo lo viviera,
sino para que yo lo copiara... Lo copiara con pasión, con amor, con odio y
con furia hasta capturarlo... Pero vivo. ¡Vivo capturarlo! Vivo, latente,
magnífico y sublime, como yo lo siento en mi corazón.
Y mis muertos... Su muerte detuvo el universo, cuando murieron mis
muertos... ¡Son legítimos, mis muertos! Mis muertos, que se van muriendo
porque yo escribo espuma. Paladeo sus muertes. Las muero cada noche,
huelo su aliento último, repito cada gemido... En mí vuelven a vivir mis
muertos, y disuelvo su muerte en mil noches de cavilaciones, paseos
infinitos, monólogos afiebrados, angustias y dudas y penas y terrores por
entender, por recordar, por grabar en sílabas lo visto, lo vivido, lo sufrido, y
por proyectarlo en una esperanza para los otros, para los que vendrán ... Viví

su vida, viví su muerte. Están aquí, los llevo dentro. ¿Por qué pues, no son más que espuma v ruido cuando los traigo a mis papeles? ¿Por qué nunca pudieron renacer mis héroes y mis villanos? ¿Por qué no hubo jamás heroísmo ni grandeza, gloria ni pecado entre los fantasmas de mis soñanzas, de mis sueños y esperanzas? ¿Por qué nunca puedo darles ese hálito sencillo que hace de un recuerdo, de cualquier sombra hilvanada en sílabas, un ser vivo, aceptado por los hombres, un ser apreciado... digno, así sea por un instante, de ser amado?

(Se agacha. Vuelve a la mesa. Mira su obra).

Cuando desisto, cuando cae el velo de mis ojos y reconozco esta espuma y la abandono, cuando me rindo al silencio, descubro el otro rostro de este singular delito: no puedo abandonar mis soñanzas. Jamás las abandonaré. Me obsesionan y me asedian. Pierdo el sueño. No como ni duermo. Me niego al trato humano. Me agoto como fiera. Me ahogo en mi silencio. Maldigo. Blasfemo. Bebo y me disuelvo en noches de vicio y desesperación. Mis fantasmas me acosan. Mis soñanzas me torturan.

La herida se abre, sangra y arde. ¡Quema!

Quema, arde y me fuerza, entre vahídos y fiebres, en la soledad y el silencio, entre ilusiones y angustias, a plantarme una vez más frente al papel, este papel en blanco, enemigo e indiferente como la noche, a hilvanar otra vez mi voz sin eco, condenado perenne como soy del absurdo... ¡Espuma, espuma, todo para mí es espuma!

Aquí están pues. Vienen, demandan, exigen y gritan.

Suspiran, gimen, rugen en las sombras de la noche, y hasta levantan sus acusaciones:

(Levanta una mano, acusando a un acusador que le grita desde las sombras).

VICTIMAS Y VICTIMADORES

Mamani - ¡Heridas, ninguna! ¡Tortura, jamás!

Enrique - (Sacude el dedo acusador). ¡Tú me salvaste! ¡Tú me salvaste! ¿Por qué me salvaste?

Mamani - Te admiraba... Yo podía morir una vez... ¡Tú podías matar a la muerte!

Enrique - ¿Qué sabes tú?

Mamani - A mí me bastaba...

Enrique - ¡Pues que te baste! Nada te pedí. Nada dije. Tú elegiste tu camino... ¡y tu muerte!

Mamani - Pero ahora: ¡escribe, pues! Si tú callas, ¡contigo morimos todos! (Enrique se agita. Se inquieta. Sufre su culpa. Corre hasta la mesa. Coge un "papel". Lo exhibe. Levanta otro "papel". Y otro. Y otro).

Enrique - Pero... ¿es que no ves que escribo? (Presenta los "papeles" con ambas manos al acusador). ¡Escribo! ¡Escribo siempre! Pero siempre es mediocre, estéril, muerto, inerte... falso.

Mujer - (Enrique vuelve la cabeza. Sorprendido). Te amé. Te di mi amor y mi vida. Fui toda entrega. ¿Para esto, te amé?

Enrique - ¿Tú también?... Pero, si tú... (Agita la cabeza). Tú debiste contentarte con lo que te dejé. Te dejé más que a nadie en este mundo. Te lo dejé todo, ¡todo!

Mujer - Y un hijo.

Enrique - (Se agacha, culpable). Lo supe muy tarde.

Mujer - Sabes que murió...

Enrique - Lo supe muy tarde...

Mujer - Sabes que he muerto...

Enrique - ¡Lo supe muy tarde! Yo escribía... Yo viajaba, yo miraba, yo recordaba... Registraba, anotaba, miraba...

(Se interrumpe. Mira al público. Se encoge de hombros).

Enrique - No es fácil. No es fácil traerlos aquí a dialogar, a pasar la matiné. Cuesta mucho. ¡Costo tanto! ¡Me costó sangre, literalmente! (Levanta una pierna). ¡Esta pierna lleva una herida del tamaño de un maravedí de plata!

Juan Carlos - ¡Te heriste tú mismo!

Enrique - ¡Fue él! ¡Fue él!

Fernando - ¡Eres cobarde!

Voces - ¡Cobarde, cobarde, cobarde!

Enrique - ¡Falso!

Roberto - ¡No conoces el peligro!

Enrique - (Acusa con el dedo). ¡Exageras!

Anita - Abandonaste a tus amigos.

Enrique - No podía correr, no tengo aliento... Fumo demasiado. Ellos me pidieron que los abandonara. ¡Que viviera!

Julio - ¡Ninguno volvió!

Enrique - ¡Pero en mí viven! Y si logro escribir...

Mamani - ¡Escribe, pues!

Enrique - Oh, cuan pesada es esta cruz, cuan cruel, cuan ardiente...

(Una risita anónima le interrumpe).

¿Qué? ¿Alguien ríe? ¿Alguien se piensa ajeno?

¿Son muertos extraños, esos muertos, dice?

¿Ficticias agonías son esas, afirma, y se soba el vientre satisfecho, mirando pasar el mundo?

Nada puede alterar esas muertes, agradece, y el mundo es y será el mundo, ¿recuerda?

Por lo demás, se consuela, ya nada se puede hacer, ¿se dice?

Gracias a Dios, decide, esa sombra de humo allí... (se señala a sí mismo) ...aquí, es sólo una voz sin eco, un mudo grito, ¿se convence?

Es apenas una mácula de polvo en la pupila, ¿alguien dice?

Pero entonces: ¿Qué oscura angustia chilla en cada pecho? ¡Ah, pero es que nadie es ya inocente! ¡Cada bala en el viento despierta mil ecos en el universo! Cada muerte florece en un asesino y en un millón de cómplices.

¿Cerrar los ojos? ¿Atarse las manos? ¿Taparse los oídos con músicas, baladas, gritos? ¿Negar, beber, palpar, comer, drogarse?

Es imposible. Nada sirve ya. No hay dónde ocultarse. Ya nadie es inocente. Verdugos todos, teníamos hoy esta cita, cómplices todos. No era el azar, no. Eran esas voces. Esas voces, que susurran entre los lejanos ladridos de la noche, que hacen silencio de nuestros ecos, arena de nuestros triunfos. Ese chillido que reconocemos tras cada estruendo. Que nos dice de esas lejanas agonías, de los crímenes, las muertes y los tormentos que infligimos con nuestra cínica indiferencia. Los repetidos crímenes de nuestra complicidad, nuestro silencio y nuestra ceguera... Las voces de nuestras víctimas anónimas que reclama nuestro corazón culpable... y las de nuestros victimadores...

Kiko - (Le corta). ¡Mil pesos al que agarre a ese carajo!

LOS ENEMIGOS

Enrique - ¡Ah, cállate ya, Kiko! (Pausa). Si, es Kiko. Nació cuando yo tenía 14 años, y ahora tengo 43. Saquen la cuenta. Yo podía marcharme algún día, como que finalmente me marché; él jamás pudo marcharse, jamás podrá marcharse. Jamás, porque así lo dicta la guerra de la piel. Así que eligió ese camino. Es un profesional del crimen, un maestro de la tortura, un virtuoso del dolor. Mató a garrotazos a un hombre atado dentro de una bolsa de yute. Mete la cabeza de sus botellas de cerveza en el sexo de las mujeres. Hace maricas de milicianos.

Kiko - Soy el odio de Dios, ¿verdad?

Enrique - (Vacilante) ...es el oscuro amo de las prisiones... El que decapita a sus víctimas al amanecer y deja las cabezas en la vereda, frente a las iglesias...

Kiko - Soy la ira de Dios, ¿no es cierto?

Enrique - ...Sólo él sabe donde está cada desaparecido, sólo él conoce... cada tumba... tumba anónima... El es... el señor del pavor y la agonía...

Kiko - Soy la conciencia del mundo, ¿verdad?

Enrique - Torturador... Torturador... Torturador...

Kiko - Torturador forjado por la perenne tortura del hambre.

Enrique - Asesino... Despiadado asesino de...

Kiko - Me faltó tacto. Nunca lo aprendí. No todos podemos pelear con guante blanco, con palabras... Dulces palabras, palabras... ...candentes... Palabras letales.

Enrique - Martirizas... Quemas, destruyes, hieres...

Kiko - Tus palabras hacen héroes, pero tus héroes matan. Matan hasta que los mato yo. Tú haces héroes. Yo hago mártires. Pero son los mismos.

Enrique - Mis obras no matan; no son más que eso: sólo palabras.

Kiko - ¿Cuántos enviaste contra mí, armados de tus textos?

Enrique - ¿Textos? No más que espuma, nada más que balbuceos... Palabras, tan sólo...

Kiko - Pues con tus palabras vinieron a matar y te los devolví muertos, visionario de mil felicidades imposibles y corazón vacío.

Enrique - Kiko... Es la tortura... La tortura...

Kiko - Afuera hace frío. Hiela. Hiela siempre. Afuera, los hombres mueren de pie, apoyados contra la roca, dormidos y helados. Eso me dejaste tú. Eso y el hambre. Era mejor la tortura ajena. Nada tuve que elegir. Yo amo la vida, y para vivir hay que matar.

Enrique - Yo jamás herí a nadie, jamás infligí un daño...

Kiko - Nunca los viste morir. Te nombraban. Repetían tus palabras. Gimiendo, me contaban de ese universo que inventaste, tan bello, tan poblado de dignidad y de justicia... A veces agonizaban y te maldecían al aprender que no hay más universo que el mío, el nuestro; eran también tus víctimas. Pero eran siempre mis enemigos. La vida es guerra. Yo soy un guerrero. Mato con el hierro y con el fuego...

Enrique - Hierro y fuego para los niños. Fuego y hierro para hombres desnudos y desarmados. Hierro y fuego para las mujeres y los ancianos. Tus enemigos son siempre inocentes, indefensos... desnudos, guerrero glorioso.

Kiko - Sólo tengo un arma: el terror... Somos pocos, un puñado. Pero somos invencibles si galopamos en los potros del terror... Casi inmortales.

Enrique - ...pero el odio, este negro mar de odio que siembras cada día...

Kiko - Aprendí el odio. No siempre fui el príncipe negro del terror, tú sabes. Sin el odio, ¿cómo se puede aprender a patear a los presos? Aprendí que tus héroes sólo respetan el odio. Sólo así me respetan, cuando aprenden el odio. No puedo darles la espalda nunca porque entonces huelo el odio, y el odio apesta. Llevo en la mano un mordisco de su odio... El odio de un niño de once años. ¿Puedes creerlo?

Enrique - No era odio. Era desesperación. Terror. Si, terror.

Kiko - No. Era odio. El mismo odio de mi corazón a los once años... A los once años, uno ya no es un cachorro, es un perro. 0 un lobo, si encuentra el coraje. No. Era odio. Es odio. El odio que hallamos necesario para sobrevivir. No hallamos otra cosa. Lo siento: el odio arde en mí. Estalla y germina mi mundo. Impone la guerra de la piel: son ellos, o soy yo. Yo triunfo porque soy absoluto: fuera de mí, nada existe. Nada es. Y ellos... son nada.

Enrique - ¡Pero son inocentes!

Kiko - Nadie es inocente. ¿Eres inocente tú?

Enrique - No tengo las manos sucias...

Kiko - Mis hambres llevan tu nombre. Recuerdo aún el frío y el hambre, la soledad y las penas de un niño... De ese niño que fui yo.

Enrique - Lo supe muy tarde...

Kiko - Tampoco elegí la ceguera... No soy cobarde.

Enrique - Lo supe muy tarde. Y luego dijo que habías muerto...

Kiko - Ella no podía vivir. No podía trabajar. No sabía leer. Nadie quiso darle trabajo. No se puede lavar letrinas y cuidar de un niño al mismo tiempo... No aquí. Tuvo que elegir. No, en verdad, no eligió nada. Hizo lo que yo. Amaba la vida. Me abandonó en el cuartel a jugar con las bayonetas...

Enrique - Pero te amaba... Era tu madre; debió haberte amado...

Kiko - ¿Cómo? No me conoció. No me conocía. Nadie tiene un rostro al nacer.

Enrique - Ciertamente... Te amaba. Tuvo que amarte.

Kiko - No. Yo sería diferente. No. No tuvo tiempo para amarme. Estaba sola, y no era nadie ni nada. Lo se. Tuvo hambre. Frío. Miedo. Los reconozco. Son mis viejos enemigos. Todo es válido para apaciguarlos... Lo se. Es sencillo. La comprendo. Yo la comprendí siempre, desde que conocí el hambre... ¿Sabes que sólo desde que llegué a coronel como tres veces al día?

Enrique - No sólo de pan...

Kiko - No empieces con esos ruidos otra vez... No abuses de mi cansancio... No olvides donde estás. No olvides ante quien estás. No olvides quien eres... ni quien soy yo.

Enrique - Lo recuerdo: ciego casi de este ojo después del incidente aquel en la celda...

Kiko - Tampoco entonces preferiste el silencio. Hablas, hablas siempre, hablas ahora, predicas...

Enrique - Es que yo creo en ese universo nuevo. Todo debe cambiar... Algún día, cuando...

Kiko - ¿Cómo puedes creerlo? Nada hiciste por ese universo falso, ese tu universo imposible.

Enrique - Con mis palabras, yo... siembro.

Kiko - Tus palabras ciegan. Hacen sordos a los hombres. Nada ven ni nada escuchan, sólo persiguen tus sueños... Tus mártires nunca saben lo que hacen. Chillan hasta morir, pero no aprenden. Gritan hasta enloquecer, pero jamás aprenden que el universo es absurdo... Pobres fanáticos de sueños imposibles, de otros universos armoniosos, de mundos con pan, compasión y justicia. Tus textos son tus crímenes, tus crímenes hilvanados en sílabas. Tus sueños siembran violencia. Tú los envías v yo los mato porque, si no los matara, retornarían. Retornarían... y siempre retornan... Siempre.

Enrique - Tú matas...

Kiko - Tú los envías; en tu nombre vienen: tú matas también.

Enrique - ¡Eres un asesino!

Kiko - ....tienes pavor, y no te atreves a mirar los ojos de tus víctimas...

Enrique - ...no tengo las manos sucias.

Kiko - Las tienes vacías. Nunca creíste en nada. En nada ni en nadie. No tienes el corazón bien puesto. Temes a tus propios fantasmas. Te marean tus propios cánticos. Eres una sombra, un débil quejido entre los truenos... Eres un ciego y quemas los ojos de tus víctimas con el fuego de tus visiones, tus falsas visiones... Los lanzas contra mí... Contra mí ... Soy tu hijo, no lo olvides.

Enrique - ¡Eres un verdugo, Kiko!

Kiko - ¿Verdugo, dices? Dime, a veces me preguntaba yo: ¿en qué instante mataste al niño que fui yo? ¿Cuándo y cómo me asesinaste?

Enrique - No te conozco, eres un extraño.

Kiko - De tanto esperarte entonces, de niño, se me murió la esperanza. Y yo no tengo agua en las venas.

Enrique - Odio los uniformes, me aterra la tortura. Temo tu sombra, me aterran tus celdas... Soy un hombre que intentó educarse, soy sensible, refinado...

Kiko - ¿Cómo pude esperar tanto yo, y esperar durante tanto tiempo, ese milagro, el milagro cotidiano que debió haberlo cambiado todo?

Enrique - Me acosabas. Me acosaste siempre, te placías en dañarme...

Kiko - Te esperaba, te esperaba siempre, te buscaba... Te necesitaba.

Enrique - Me odiaste. Me odias.

Kiko - ¿Por qué nunca pudiste hacer de mí, de este hombre, un hombre real, un hombre de carne y hueso y piel cobriza, un hombre que todos los hombres pudieran respetar, pudieran apreciar, pudieran... en fin... pudieran amar?

Enrique - ¡Eso! ¡Eso mismo! ¿Por qué? ¿Por qué? ¿Por qué no puedo? ¿Por qué no puedo lograrlo nunca?

Kiko - Entre los fantasmas que inventaste para llenar tus días, el más falso, el menos legítimo eres tú, tú mismo, un débil eco sin voz...

Enrique - Kiko...

Kiko - Entre nosotros todos, víctimas y victimadores, tú eres el fuego fatuo, el grito ahogado, el silencio neutro entre dos quejidos. Haz inventado todas esas sombras absurdas porque ni odias ni amas, te has negado la pasión de vivir...

Enrique - Nací para ser un testigo, no soy un actor. Vivo sólo para ver. Sólo para ver y recordar.

Kiko - Estos muñecos de voz mágica, estos verdugos de palabras dulces y heroicas, estos hombres de humo y agua... ¿Por qué pueden dar la vida y poner lobos en el mundo?

Enrique - No soy actor, soy testigo... Ellos viven en mí, viven pare siempre... Mis muertos...

Kiko - Con un día de coraje, una sonrisa de cariño... Con una mano amable en la mía, tan pequeña entonces, tan sola, todo hubiera sido diferente... Yo hubiera sido diferente... Pude haber sido otro...

Enrique - Mis voces serán eternas. Mis muertos serán inmortales... Hablarán en mí y por mí hablarán a los que vienen, a los que aún no han nacido, a los que harán un universo nuevo y diferente. Tú matas, tú matas, sólo puedes matar ... ¡Yo venceré a la muerte!

Kiko - ...otro, si hubiera podido atisbar tu mundo... Si tú... Tus mártires no podían negar tu mundo, ¿lo sabías? Morían creyendo en tu mundo, no lo negaban, no lo negaban... Pero, ¿dónde está tu mundo? Tal vez, si tú me hubieras permitido un instante de ternura...

Enrique - No podía, era muy tarde. Lo supe muy tarde.

Kiko - Tal vez... Con un gesto... Con una sola mirada en el momento preciso... Yo... Yo y tú... Poder decir, sin miedo: yo te amo... Poder sentir, saber que me amaron un día... Yo... Tú podías haberlo hecho todo diferente. Hubiera bastado que...

Enrique - Enrique: ¡A cada cual su cruz!

Kiko - ¡Pues yo seré la tuya! ¡Mil pesos a quien agarre a ese carajo!

(Disparo. Enrique se toma la pierna. Vacila. Cojea. Sale).

Kiko - ¡Atención, malditos: lo quiero vivo!

(Golpes. sombras. silencio. Pausa. Luz).

Enrique - (Entra por el extremo opuesto). Eso de que me herí yo mismo es un cuento... Me hirió él... El me hizo esto. Pero, ¿cómo voy a contar una cosa así? Nadie me lo creería. (Fuma). Después de la herida, no hubo ya tregua en la guerra de la piel. Decidí buscar algún lugar en el mundo en que las cosas fueran diferentes. ¿Cómo se dice en estos casos? Quise comenzar otra vez. La hora y el hombre no se podían cambiar pero, tal vez, si cambiaba el lugar... Pasé de mano en mano, de techo en sótano, de casa en cueva durante unos veinte días y salté de pronto, sin comprenderlo muy bien, a la libertad. Fue un salto difícil. Amargo y difícil. Será cosa de que se fumen un cigarrillo, todos.

(Luces. Enrique desciende a la sala y conversa con algunos espectadores).

Así transcurre el
Intermedio.

NORTE

(Música de tema aimara. Sonido de máquina de escribir. Penumbra).

(Imágenes de su vida anterior y primeros planos del rostro, manos, etc. "ilustrarán" la humanidad de Enrique antes de ser reemplazadas por la primera imagen de Grand Central Station).

(Enrique sube al escenario. Le sigue un haz de luz. Se apoya en la mesa. Se señala a sí mismo con el pulgar de la mano abierta).

ENRIQUE - Ecce Homo.

He aquí el hombre.

43. Mala dentadura, casi calvo. Gordo. Torpe, tosco, brusco, sin refinar. Tímido, quisquilloso, caprichoso, hipocondríaco, fumador y bebedor. Triste. ¡Ah! siempre triste, sin conocer la causa profunda de su tristeza. Niño: niño siempre, incapaz de meterse de una buena vez, así fuera de perfil, en el mundo de los adultos. Lector constante. Ciego casi de este ojo, después del incidente aquel en la celda. Solo, eternamente solo, bajo el peso de la soledad existencial que signa a los hombres inteligentes de este siglo. Débil como los tristes, los niños y los solitarios. Terco como una mula. Un dedo roto, muerto para siempre. Dos pantalones, una camisa, un par de lentes, una máquina portátil de escribir, una cámara fotográfica bajo el brazo, un cortaplumas y un

encendedor... Menudo equipo para iniciar la experiencia de la libertad y
paladear los dulces jugos de la democracia.

Parlante -¡Bienvenidos, bienvenidos, bienvenidos!

ENRIQUE - ¡Soy libre! ¡Libre! (Duda). ¿Libre? ¿Para qué? ¿Qué hago yo
aquí? ¿Qué hay tras esa puerta? Y, sobre todo: tras toda una vida en la negra
noche de las dictaduras, ¿podré ahora vivir bajo el sol brillante de la libertad?
(Se rasca el revés de la mano). Si. Debe ser posible. Tiene que ser posible. La
libertad es el ámbito natural del hombre. (Avanza dos pasos). Quítate, pues,
el gastado traje de tus viejas opresiones, hombre, y nace desnudo el mundo
de la democracia...

Se libre. ¡Atrévete a ser libre! (Avanza un paso. Abre los brazos).

¡Libertad, Ecce Homo!

(Avanza un paso y sale del haz de luz).

(Pausa).

GRAND CENTRAL STATION

(Imagen general de una multitud en Grand Central Station. Imágenes
parciales tomadas de esta primera imagen se usarán después, ampliadas, para
ilustrar la Voz que representan, creándole así una "persona". Serán
ampliaciones de cuerpo entero, del rostro, de las manos o de otro rasgo o
característica propia de cada figura).

(Rumor de máquinas y multitud).

ENRIQUE - (Entra como si llevara un libro en ambas manos). ...No tengo
más presentación que mi libro... Más misión en la vida que este mi...

(Avanza, cruzando la escena. Camina contra la multitud. Sufre empujones y
golpes en brazos y hombros. Retrocede. Avanza contra la corriente).

Traigo conmigo la voz de mi gente... Los muertos, los heridos, los torturados, los ciegos, los hambrientos... No hay razón alguna, a no ser este alarido, que justifique mi presencia aquí, entre ustedes, los libres.

Traigo un mensaje de angustia y desesperación, traigo el quejido eterno de los moribundos, mis moribundos, traigo un llamado a los poderosos de la tierra para que, en un abrir y cerrar de sus poderosos ojos, hagan posible la justicia y la esperanza entre los míos... Traigo el relato de sus muertes, la audacia de sus vidas, el coraje de sus sacrificios... Traigo 40 años de penas, amarguras, esfuerzos, quejidos, heroísmos, audacias, voces... Voces... Voces y gritos. Gemidos y aullidos; el débil murmullo de su demanda perenne de justicia, libertad, democracia, pan y esperanza...

Vengo con mi mensaje, vengo con mi ruego, con mis muertos sobre los hombros vengo, porque no tengo otro destino... Debo cumplir mi destino, debo justificar mi libertad actual, debo honrar el sacrificio de quienes hablan por mi boca, debo...

(Un golpe le quita el libro de las manos. El libro cae al piso. Se detiene).

ENRIQUE - Pero... ¿Es que esto tampoco vale nada?

VENDEDOR - ¡Avance, camine, hombre! ¡No estorbe!

ENRIQUE - (Se agacha. Recoge el libro). Pero... ¡Tengo que hacerlo! ¿Por qué, sino, he llegado tan lejos? ¡Deben escucharme! ¡Deben escucharme! Las demás, los otros, los compañeros y amigos, no pudieron venir ya: ¡Están muertos! ¡Deben escucharme, deben escucharme!

ABOGADO - No tengo tiempo, hombre. ¡No tenemos tiempo!

SECRETARIA - Y además, ¿a quién le importa el último grito del fin del mundo?

CHOFER - No sabemos donde está ese lugar, no sabemos quienes son esas gentes, no sabemos qué quieren, por qué gritan.

ANCIANA - Todos gritan, todos gritan, todos gritan. ¿Por qué vienes tú con tus locas demandas a gritar aquí, en el estruendo?

ENRIQUE - Pero no, señores... No soy yo: son ellos. Ellos demandan que alguien les escuche aquí. Aquí, entre los poderosos del mundo... Ellos, mis muertos, mis desaparecidos... No soy yo; yo sólo soy el mensajero mal elegido por el azar... ¡Escúchenlos, pues!

JOSE BONILLA - Pero... ¿Qué tú haces aquí?

ENRIQUE - (Se pone el libro bajo el brazo). Estaba tratando de utilizar mi nueva libertad para justificar mi existencia: soy el único entre los míos que ha llegado tan lejos y se ha traído tantas voces.. Las voces que tengo aquí...

JOSE BONILLA - ¿De dónde tú vienes?

ENRIQUE - De la noche de las dictaduras. Del sur.

JOSE BONILLA - ¿Por qué tú vienes?

ENRIQUE - Y... es mi suerte. La fatalidad vestida de celeste.

JOSE BONILLA - ¿Para qué tú vienes?

ENRIQUE - Traigo mi testimonio. Es un testimonio hecho de espuma, si. Pero es un testimonio de todos modos... El único testimonio que...

JOHNNY PAZ - ¿Qué tú quieres aquí?

ENRIQUE - ¿Yo mismo?

JOHNNY PAZ - Tú mismo. Tú mismo. ¿Qué tú quieres aquí?

ENRIQUE - Y... Bueno... Yo... Quiero aprender a ser un hombre, un ser humano. Quiero olvidar para siempre mi vieja pesadilla, la pesadilla que acosa a los animales perseguidos. Quiero convencerme de que es cierto que tengo derecho a vivir... Es cierto que tengo el derecho de hablar, de pensar, de gozar un poco del respeto que merece mi dignidad primordial... Quiero saborear la satisfacción de salir cada mañana a trabajar sin temor de que los uniformados me cojan y me torturen como si fuera una cucaracha... Quiero...

MARIA LOPEZ - ¿Qué tú dices? ¿Así les matan a ustedes allá, de donde tú vienes?

ENRIQUE - Si. Nos rompen las puertas y las ventanas de la casa, derriban a los ancianos, patean a los niños, violan a las mujeres y a nosotros nos queman, nos cuartean y nos arrojan después a los perros... En cambio, aquí... Aquí ...

José Bonilla - ¿Huyes de tu país porque los uniformados pudieron haberte destruido?

ENRIQUE - Eso.

JOHNNY PAZ - ¿Fugas porque no hay seguridad en las calles? ¿Huyes porque no hay garantías en las plazas, no hay policías en las esquinas?

ENRIQUE - Policías... Si, hay... Pero me perseguían, me acosaban siempre... Para pisarme, aplastarme, para lastimarme... Para acabar conmigo, pera abrirme en cruz o quemarme vivo...

MARIA LOPEZ - Aquí, policías en las esquinas, no hay...

ENRIQUE - Pero hay policías.... ¡Hay ley!

JOHNNY PAZ - Es la ley de las calles. Tienes que llevar veinte pesos en el bolsillo para hacértelos robar cada día. Con suerte, no te cortarán el pescuezo... No te violarán ni te romperán los dientes a garrotazos...

ENRIQUE - Pero... ¡Eso no puede ser!

MARIA LOPEZ - ¡Es!

ENRIQUE - Pero, ¿y la ley?

JOHNNY PAZ - Ya te digo: es la ley de las calles.

ENRIQUE - ¿Y todos estos, estos que han venido como vine yo?

MARIA LOPEZ - Alguien tiene que lavar las letrinas públicas. Y las privadas.

ENRIQUE - Así que huyo para evitar que un degenerado de uniforme me mate allá...

MARIA LOPEZ - Para que un degenerado sin uniforme te mate acá.

JOSE BONILLA - Así es.

ENRIQUE - ¡No puede ser!

MARIA LOPEZ - ¡Es!

ENRIQUE - ¿Y la libertad?

JOSE BONILLA - ¿Vienes por tu libertad?

ENRIQUE - Eh... si.

MARIA LOPEZ - ¡Mira tu libertad!

(El rumor de máquinas y multitud se intensifica y se reduce luego).

ENRIQUE - (Camina y observa). Todos, o casi todos, están gordos... Gordos. Sanotes... Grotescamente gordos algunos, no todos... Todos no, pero casi todos visten bien... Todos caminan tan rápido, ¿sabrán estos a donde van? Pero... ¡Anda! Y a este, ¿qué le pasa? (Seguirá con gestos lo que describe). ¡Este hombre se muere! Tan bien vestido, tan elegante, tan saludable, tan... Pero se muere. ¡Se muere! Doblado en cuatro, en cuclillas y tan bien vestido, se muere... Se muere hecho un gato en celo, rostro azul y manos azules en el piso de cemento y entre toda esta gente... Esta gente... Debe haber un millón de personas en este inmenso salón, en esta inmensa estación, en este templo... En esta... ¿qué será esta cosa? Entre todas estas gentes... Este pobre hombre encogido, doblado en cuatro, se va muriendo sin lanzar un grito ni decir "Jesús"...

No puede ser. ¡No puede ser! ¿Se está muriendo, verdaderamente? ¿A ver? (Se agacha). Pero si. ¡Se muere! Vamos, hombre. ¡Vamos hombre! No será tan grave... Haga un esfuerzo... No se deje estar, no se vaya cayendo, no... Ponga un pie aquí... Ponga esa mano allá, ese pie... ¡No se caiga! No se rinda... No será tan grave... (De pie). ¡Dios mío! Se muere, ¡Se muere! ¡Ayuda, ayuda! ¡Este hombre se muere! Tiene la mirada perdida, aceza como un perro, ¡es ya un muerto! Un muerto casi, casi como mis muertos. ¡Pero no puede ser! ¡Ayuda! No, no es verdad: es un fingimiento, un truco, un gesto falso. Nadie puede morir así, tan solo, solo en un desierto por el que corren miles y miles de personas... ¿Cuántos pasan por aquí? ¿Cuántos van pasando? ¡Millones! ¡Usted no puede morir así! Morir como se mueren mis muertos allá, en nuestro desierto helado y triste... No muera. ¿Me escucha? ¡No muera! ¡No muera, le digo! No puede morir aquí, entre tanta gente... ¡Oiga usted!

PABLO CURCIO - ¿Qué tú haces?

ENRIQUE - ¡Este hombre se muere! ¡Hay que ayudarlo! ¡Debemos ayudarle! ¡Debo ayudarle! ¡Ayuda, ayuda!

PABLO CURCIO - Déjalo.

ENRIQUE - ¿Dejarlo? Pero... ¿Qué dice? ¿Dejarlo? ¡No es posible!

PABLO CURCIO - ¡Déjalo!

ENRIQUE - Pero... ¡No!

PABLO CURCIO - ¡Déjalo, te digo! Si lo tocas y en verdad muere, deberás ser testigo después. Deberás decir lo que viste, lo que sabes, dónde estabas, quien tú eres. Deberás hablar con los jueces.

ENRIQUE - ¿Jueces? ¿Qué jueces? ¿Por qué jueces? ¡Yo no hice nada!

MARIO ARAUCO - ¿Pero quién te lo va a creer? ¡Es la ley!

ENRIQUE - ¿La ley?

VOCES - ¡La ley de las calles!

ENRIQUE - (Vacila. Indeciso, se aparta. Camina unos pasos. Mira para atrás). ¿Quieres decir que morirá allí mismo, morirá en dos quejidos y no habrá nadie que le extienda una mano?

MARIO ARAUCO - Ya vendrán luego... A recogerlo...

ENRIQUE - ¿Por qué? Pero, ¿por qué? ¿Por qué es así? No es posible: hay que ayudarle.

URSULA ROMERO - ¿O robarle, tal vez?

ENRIQUE - (Se indigna). ¿Robarle? ¿Robarle, yo? Pero... ¡Pero, pero...! (Se atraganta).

ROBERTO SACOTO - ¿Fuiste tú quien le clavó la chaira?

ENRIQUE - ¿Qué es chaira?

GUSTAVO SOTELO - ¡Tú le clavaste el cuchillo!

ENRIQUE - No... ¡No! ¿Qué dices? ¡Estás loco! ¡Qué dices! Yo quería ayudarle. ¡Yo sólo quería ayudarle! El pobre hombre moría, y yo...

ROBERTO SACOTO - ¡Tú estabas allí, con el cuchillo en la mano, el brazo extendido con el cuchillo asesino!

ENRIQUE - ¡No! (Se aparta. Retrocede de prisa). ¡No! ¡No hice nada! ¡No tengo un cuchillo! ¡Nunca usé un cuchillo! ¡No hice nada! ¡No hice nada! ¡Nada!

VOCES - ¡Asesino! ¡Criminal!

ENRIQUE - ¡No hice nada! ¡Sólo quise ayudarle! ¡Se moría!

JOSE BONILLA - ¡Es tu palabra contra la nuestra!

ENRIQUE - (Se encoge, aterrado). ¡No hice nada! ¡Soy inocente! ¡No hice nada!

JUAN RODRIGUEZ - Además: ¿Tus papeles? ¿Identificación?

MARIA LOPEZ - Identifícate: ¿Quién tú eres?

ENRIQUE - No tengo papeles aún... Yo...

VOCES - ¡No eres nadie! ¡No eres nada! ¡Asesino! ¡Criminal!

ENRIQUE - ¡Están locos! ¡Sólo quise ayudarle! ¿Qué les pasa? ¡Parecen perros con rabia!

JOHNNY PAZ - ¿Qué tú dices? ¡No te entiendo!

VOCES - ¡No entendemos! ¡No entendemos!

ENRIQUE - Ah, ¿tampoco me entienden?

VOCES - ¿Qué dice? ¿Qué habla? ¿Qué grita?

ENRIQUE - ¡Quieren un traductor! ¿Quién traduce aquí? ¿Quién traduce? ¡Busquen un traductor! (Da media vuelta. Sale).
(Sombra. Pausa).

LA OFICINA

(Imagen general de un salón con numerosos cubículos para computadores). (Imágenes parciales tomadas de esta primera imagen se usarán después, ampliadas, para ilustrar la Voz que representan, creándole así una "persona". Estas ampliaciones podrán ser de cuerpo entero, del rostro, de las manos o de cualquier rasgo o característica propia de cada figura).
(Luz).
(Enrique entra en camisa blanca, corbata negra, pantalón gris. Grupo de hombres y mujeres viste igual. Si aparecen en escena, deberán dar la impresión de ser intercambiables cono soldados de plomo).
JORGE - (Se mueve como un muñeco. Tiene la mirada perdida). Yo traduzco.
ENRIQUE - Aquí traducimos.
CARLOS - Cada hombre escribe ocho mil palabras por día.
LUIS - En un hermoso procesador de palabras. Limpio, exacto, infalible.
ABEL - Infalible.
MARIO - El infalible cíclope del ojo verde.
FELIX - La computadora, que está en Dallas, es insaciable.
PATRICIA - Insaciable.
ALBERTO - Infalible, insaciable cíclope del ojo verde.
ENRIQUE - Como los mineros de mi pueblo, trabajamos en tres turnos. Tres tandas.
ABEL - Las 24 horas del día.

FELIX - A veces, trabajamos 26 horas al día.

PATRICIA - 0 treinta.

MARIO - Once mil palabras por día. Cada día, cada hombre.

GUSTAVO - Dos mil hombres.

CARLOS - 22 millones 636 mil 456 palabras, cada día.

LUIS - Es una computadora insaciable. Está en Dallas.

ALBERTO - Aquí, traducimos.

ENRIQUE - Yo traduzco. Antes pensaba. Pensaba tonterías a veces, pero pensaba. Ahora traduzco. Antes era periodista. Ahora soy un títere. Un títere que hace una serie infinita de palabras como si fuera una sarta de salchichas. Un títere que olvida lo que traduce apenas lo traduce.

ABEL - No es bueno recordar lo que uno traduce: no es bueno para uno mismo, por higiene mental.

LUIS - No es bueno para los demás, porque uno podría recordar lo que ha traducido y repetirlo luego.

MARIO - Aquí, lo que vale es la cantidad.

PATRICIA - La calidad es un estorbo.

GERMAN - Aquí escribimos millones de documentos... Millones y millones... Miles de papeles por minuto... Si fueran papeles, porque las palabras flotan en la memoria infalible de la máquina... Nunca vemos papeles...

LUIS - Centenares de millones de documentos...

FELIX - ...Billones y trillones...

CARLOS - Propaganda, publicidad, manuales, acuerdos, contratos, pactos, tratados, informes, artículos, notas, análisis, estudios, informes, relatos, cuentos, verdades, libros, recetas...

GERMAN - Todo vale: recibos, discursos, renuncias, declaraciones, juicios, divorcios, comentarios, apelaciones, demandas, contratos, novelas, noticias, noticias, noticias, dólares, dólares, dólares, dólares... (Esfumado).

ENRIQUE - Once mil palabras por día, o por noche, y uno es libre. Libre para gozar de los días tibios del otoño... Pero, cuando uno sale, el día ya ha muerto. Uno no ve nunca el día.

FELIX - Trabajando de noche, uno duerme de día.

MARIO - Trabajando de día, uno sale a la noche.

PATRICIA - Una no ve nunca el día.

ABEL - Este verano fue ardiente, dicen.

JORGE - Este invierno no hubo nieve, sólo lluvia, dicen.

LUIS - Nosotros escribimos.

GERMAN - Lo que más duele, lo que en verdad duele, no es el alma.

MARIO - Es el trasero.

FELIX - Trabajar así, traduciendo sin cesar, es un trabajo para bestias.

ALBERTO - La gente no lo sabe, pero el trabajo de escribir, escribir en cualquier forma, a mano o en cualquier máquina, es un trabajo agotador, matador, feroz.

ABEL - Después de sentarse ocho horas, uno no puede ni mover las piernas.

MARIO - Hay calambres en las piernas.

PATRICIA - Almorzamos junto a las máquinas. Cenamos y desayunamos junto a las máquinas.

FELIX - Hubo uno que se murió junto a la máquina.

JORGE - No pensamos... No es necesario pensar. Todo es automático.

GERMAN - Lo llamamos eficiencia.

LUIS - El salón es enorme y es frío porque así lo exigen las máquinas.

ALBERTO - Las ventanas no se abren nunca al aire ni al sol porque así lo exigen las máquinas.

JORGE - En el piso 67 hay silencio. Siempre hay silencio, porque así lo exigen las máquinas.

FELIX - Silencio, frío y sombras: las tumbas de las máquinas.

CARLOS - ¡No! Nuestras tumbas.

GERMAN - Las máquinas no cometen errores. Las máquinas no enferman. Las máquinas lo saben todo. No olvidan nada. No van a la huelga.

LUIS - Las máquinas se ríen de nosotros. Nos doblan el espinazo.

CARLOS - Nos queman los ojos.

JORGE - Nos agotan lo mirada, nos secan el cerebro.

FELIX - Somos trescientos aquí, y todos tenemos ojos de topo.

ABEL - El espinazo doblado.

MARIO - Gruesos cristales, fondos de botella, sobre los ojos.

PATRICIA - Nuestros rostros son verdes.

LUIS - Nunca vemos el sol.

FELIX - Nunca caminamos. Nos pasamos la vida sentados en estos cómodos sillones.

ROBERTO - No movemos los intestinos, nuestros vientres no funcionan. Engordamos como cerdos.

JORGE - Nuestras mentes están agotadas cuando salimos a la calle. No queremos hacer nada entonces. Sólo dormir...

ALBERTO - Dormimos mal; por eso bebemos.

FELIX - Algunos usan drogas para dormir.

GERMAN - Las máquinas son bellas, incansables, perfectas.

LUIS - Nosotros no; nosotros degeneramos cada día, nos deformamos: somos sombras de hombres.

PATRICIA - Qué es primero, ¿el huevo o la gallina?

ENRIQUE - No es tan malo, no es tan malo.... Sobre todo, si se compara con las minas de mi país, la zafra de mi país, la inanición eterna en mi país... Aquí hay paz.

GERMAN - Pero el trasero duele. El estómago no funciona, uno huele a muerto.

ENRIQUE - Uno no es feliz, es verdad. ¿Cómo puede ser feliz uno, si esperaba la libertad y sólo tiene un constante dolor en el trasero?

ABEL - Cuando muere el día, uno baja al subterráneo. Uno es libre. (Oscuridad).

ESTACION DEL SUBTERRANEO

(Imagen general de una estación del tren subterráneo en Manhattan).

(Imágenes parciales tomadas de esta primera imagen se usarán después, ampliadas, para ilustrar la Voz que representan, creándole así una "persona". Estas ampliaciones podrán ser de cuerpo entero, del rostro, de las manos o de cualquier rasgo o característica propia de cada figura).

(Luz. Una estación del tren subterráneo. Un puesto de revistas. Enrique, con un sacón negro de algodón).

FELIPE ALCON - Bienvenido. ¿Cuál es tu crimen?

ENRIQUE - Gracias. ¿Qué es lo que dice?

DR. MARTINEZ - Este es el nervio de la capital del mundo. Aquí, todo es posible.

JOSE DEL GRANADO - Este es el monumento al Hombre Galáctico. Aquí germinan todas sus obras, todos sus sueños, todos sus pensamientos, sus pesadillas, sus poemas, todas sus canciones, todos sus terrores....

LUISA TOVAR - Aquí se ve, se palpa, se huele, se toca, se paladea y se siente, se husmea y se masca la obra inmortal del Hombre Galáctico.

ECO - Con dinero.

LUISA TOVAR - Esta es la cabeza del mundo.

CASILDO HERRERA - El ombligo del universo.

LUIS PANIAGUA - Aquí hay de todo.

JUAN 'SEIS DEDOS' - Aquí hay todo.

FEDERICO TROCHE - Todo... ¡y más!

FELIPE ALCON - Aquí, el hombre es libre.

RICARDO GOMEZ - Libre, para hacer lo que quiera. Lo que ambiciona, lo que exija, demande, necesite, invente, procree, sintetice...

SANTIAGO NAJAR - Libre para creer. Libre para crear.

ECO - Con dinero.

ALEX RUIZ - Aquí, y solamente aquí, todo es posible.

JUAN FRANCO - Hoy día un vagabundo, mañana el rey del mundo.

ECO - Con dinero.

ROBERTSON GAMBOA - Todos los autos, televisores, copiadoras, camisas, camisetas, zapatos, calcetines, pipas, tinas de baño, sistemas jaifai, tocadiscos, lavadoras, secadoras, tostadoras, planchadoras, motocicletas, patines, pelotas, relojes, videos, computadoras, cuchillos, pistolas, ametralladoras, bombas, cañones, salchichas, aviones, petardos, botellas, estampillas, mesas, cuadros, plantas, perros, gatos, cerdos, periquitos, camellos, elefantes, moscas, helados ... (Se esfuma).

RAMIRO LOPERA - Todos los...

ENRIQUE - ¿Mis soñanzas?

ECO - Con dinero.

ENRIQUE - ¿Con dinero?

RIGOBERTO DIAZ - ¡Si, con dinero! ¡Haz dinero, hijo!

ENRIQUE - ¿Cómo?

RIGOBERTO DIAZ - ¡Como sea!

EVA GONZALEZ - Todo tiene su precio...

JUAN FRANCO - ...Todos tienen su precio

ALEX RUIZ - ...pues todo se puede vender...

SANTIAGO NAJAR - Cada hombre se puede vender...

EVA GONZALEZ - Hombre o mujer, no lo olvides...

DARIO PEREZ - ¡Vende el sueño rojo del polvo blanco!

ENRIQUE - Nosotros tenemos mucho de eso... 40 mil toneladas cada año.

DARIO PEREZ - ¡40 mil toneladas!

ENRIQUE - Pero es un crimen.

FELIX CORONADO - Nada es un crimen. El único crimen es la pobreza.

RONALD VILLARROEL - El único delito es la miseria.

LUCINDA REAL - El único pecado, ¡la bolsa vacía!

FELIX CORONADO - ¡Vende!

LUCINDA REAL - ¡Compra!

DARIO PEREZ - Lo que ayer fue un crimen, mañana será ley.

LUCINDA REAL - Si alguien necesita el polvo mágico, alguien tiene que dárselo.

RIGOBERTO DIAZ - Si alguien compra, alguien debe vender.

RAMIRO LOPERA - Todos tienen su precio.

JUAN FRANCO - La fórmula mágica:

ALEX RUIZ - Demanda y oferta.

VOCES - ¡Y libertad!

JUAN 'SEIS DEDOS' - Además... No es un crimen, es un empleo.

EL MICHI - ¡Vende drogas! ¡Usa drogas! ¡Inhala drogas! ¡Vive tu tiempo!

JUAN FRANCO - ...practica el sexo anal...

ENRIQUE - Lo siento caballero. No puedo hacerlo.

LUCERO PERALTA - ¡Tonto! La noche no será tu amiga.

JUAN FRANCO - La opción es sencilla: si quieres dinero...

ENRIQUE - No me diga más...

JUAN 'SEIS DEDOS' - 0 haces dinero... o te buscas un empleo...

EL MICHI - Elige: ¡Eres libre!

ENRIQUE - Mejor me voy a casa...

EL MICHI - ¿Vas a renunciar a todo esto?

LUCERO PERALTA - La noche en la ciudad es la felicidad para el animal urbano.

DR. MARTINEZ - ¡Y esta es la capital del mundo!

ENRIQUE - Con dinero.

ECO - Con dinero.

ENRIQUE - Y yo no tengo dinero.

DR. MARTINEZ - La suerte es de los audaces.

ENRIQUE - ¡Yo no soy un criminal!

LUCERO PERALTA - Nadie es inocente ya.

JOSE DEL GRANADO - Inocente, tal vez no... Pero libre.

LUISA TOVAR - Libre por definición.

CASILDO HERRERA - Por ley.

FEDERICO TROCHE - Aquí, sólo el pobre tiene la culpa de su pobreza

FELIPE ALCON - Y por eso, ya casi no hay pobres. Pobres como tú. Pobres como las ancianas de las bolsas de papel.

RICARDO GOMEZ - Si soy pobre, es porque no usé mi libertad para ganar dinero.

SANTIAGO NAJAR - Si la libertad no tuviera esta otra cara, la del fracaso, no sería libertad.

ALEX RUIZ - Unos usan la libertad para conquistar el éxito y el dinero...

JUAN FRANCO - Otros usan su libertad para agonizar en el fracaso y la pobreza.

ROBERTSON GAMBOA - El fracaso y la pobreza son hermanas, son del Sur.

RAMIRO LOPERA - El éxito y la riqueza son hermanas, son del Norte.

RIGOBERTO DIAZ - Si un hombre libre usa su libertad para fracasar, no puede protestar contra nadie por su pobreza.

EVA GONZALEZ - Contra nadie puede rebelarse.

ALEX RUIZ - El es el único forjador de su destino, él solo, él solo...

DARIO RONCAL - El. El solo se forja o se destruye. Se hace o se desmenuza. Solo.

FELIX CORONADO - El hombre masa sin cara ni sombra ni peso ni voz ni grito...

RONALD VILLARROEL - Ese hombre lucha y se esfuerza y conquista el universo...

ROQUE ARIAS - ¡Se forja a sí mismo!

SANTIAGO NAJAR - ¡El Hombre Galáctico! ¡Ya no el hombre universal, el Hombre Galáctico!

DARIO RONCAL - ¡El Dominador del Universo!

LUIS PANIAGUA - ¡El padre del clon!

RIGOBERTO DIAZ - ¡El Magallanes de la Vía láctea!

ENRIQUE - Pero si su libertad no es más que viajar en esta pesadilla rodante...

FEDERICO TROCHE - Si es lo único que se atrevió a conquistar, se la merece.

RICARDO GOMEZ - Es el único responsable.

JUAN FRANCO - Otros hay que nunca van en subterráneo... No conocen el subterráneo.

ALEX RUIZ - Cada paso les lleva al éxito, la riqueza, el poder, fruto de la libertad.

FELIX CORONADO - Todo hombre es producto de sus propias obras, nacidas al calor de la libertad.

ENRIQUE - ...pero en el subterráneo parece que estuvieran pagando una deuda aplastante, eterna. Parece que sufren una condena, que penan un perenne castigo...

CASILDO HERRERA - El fracaso es un crimen.

JOSE DEL GRANADO - La pobreza es un delito.

LUCINDA REAL - Es el peor delito. Es la plaga del mundo.

LUISA TOVAR - ¡Es el único delito!

RAMIRO LOPERA - La pobreza se contagia. Mancha todo. Lo ensucia todo. Corroe las almas y las caras y los cuerpos de las gentes.

FEDERICO TROCHE - Carcome v corrompe.

ALEX RUIZ - Animaliza, embrutece y enloquece.

SANTIAGO NAJAR - Prostituye. Crea asesinos y fanáticos.

LUCERO PERALTA - Lleva al padre contra el hijo, a la hija contra la madre, a los ancianos a morir de hambre como locos abandonados...

RAMIRO LOPERA - La ley contra la pobreza es tan sabia y tan pura que jamás se escribió.

DARIO RONCAL - No fue necesario.

FELIX CORONADO - Ni para los hombres ni para las naciones.

SANTIAGO NAJAR - Pero cuando un hombre viaja en el subterráneo con su pobreza a cuestas, se la contagia a los demás.

LUISA TOVAR - La pobreza es como la tiña.

RICARDO GOMEZ - Aparece donde uno menos se lo imagina. En cualquier calle. En cualquier barrio que hasta ayer era floreciente.

DARIO RONCAL - Domina como un relámpago a los hombres, a las mujeres, las casas, los jardines, los techos y las cunas de los bebés; es una patina asquerosa.

ALEX RUIZ - Ata las manos de las gentes. Asfixia su imaginación, ciega su mirada.

DR. MARTINEZ - Y mata sus sueños.

RAMIRO LOPERA - Un hombre que lleva la pobreza a su barrio es un delincuente...

SANTIAGO NAJAR - Hombre o mujer, quieres decir...

JOSE DEL GRANADO - ...Hombre o mujer.... El peor de los delincuentes.

ROBERTSON GAMBOA - Y su castigo es tan terrible como su terrible delito.

DARIO RONCAL -¡El único delito del mundo!

NIÑA - Pero hay pobreza con dignidad, ¿verdad?

RICARDO GOMEZ - Cuentos. Mentiras. Patrañas.

ROQUE ARIAS - La pobreza mata toda dignidad.

NIÑA - Pero la pobreza no es obra de los pobres. No es culpa suya: nadie es pobre porque lo desea.

LUISA TOVAR - Aquí la pobreza es culpa de los pobres.

DARIO RONCAL - Todos nacemos iguales. Todos tenemos oportunidad de hacer dinero mientras somos libres.

DR. MARTINEZ - Y somos libres desde que nacemos hasta que morimos.

FELIX CORONADO - Unos hacen dinero protegidos por la ley, y se respeta su dinero.

ROBERTSON GAMBOA - Otros lo hacen a espaldas de la ley, y se respeta su dinero.

FELIX CORONADO - Con el dinero y con el respeto, cambian la ley.

ROQUE ARIAS - Ayer, la Prohibición; ¡Mañana la María Juana!

RICARDO GOMEZ - Pero todos los que usan su libertad con audacia y sagacidad hacen dinero.

JOSE DEL GRANADO - Uno se ve condenado a hacer dinero en estas circunstancias.

LUISA TOVAR - Uno o una, no lo olvides.

DR. MARTINEZ - No puede hacer otra cosa. A no ser que se tienda en la vereda y se deje morir.

ROBERTSON GAMBOA - Pero entonces, los que pasan le tirarán dinero encima.

LUISA TOVAR - ... A él o a ella, no lo olvides...

FELIX CORONADO - Si. Hasta enterrarlo.

DARIO RONCAL - Eso sería antes...

ROQUE ARIAS - La libertad bendice a sus hijos y les da una visión del poder humano.

JOSE DEL GRANADO - Sólo libre es humano el hombre.

LUISA TOVAR - El hombre o la....

JOSE DEL GRANADO - Oh, cállate ya, ¿quieres?

RAMIRO LOPERA - Libre, el hombre tiene la ley encadenada a su mano izquierda y el futuro encadenado a su mano derecha.

ROBERTSON GAMBOA - Cada hombre es libre y goza de su libertad.

DARIO RONCAL - O sufre los tormentos de su libertad.

LUISA TOVAR - Elige su suerte. La forja. La crea a cada paso.

ENRIQUE - Los hombres, tal vez... Pero yo no veo hombres en el subterráneo. Veo monos.

RICARDO GOMEZ - ¿Monos?

FELIX CORONADO - ¡Monos!

JOSE DEL GRANADO - ¡Monos, dice!

DR. MARTINEZ - ¿Monos?

ENRIQUE - ¡Si, monos, monos! Monos peludos y monos pelados. Monos grises, monos de bronce y de caoba, de marfil, de leche y de carbón. ¡Monos!

ROBERTSON GAMBOA - ¿Monos? Monos. ¡Monos!

ENRIQUE - Monos deformes, mudos, gritones, enanos, fuertes, brutales, afeminados, toscos, finos, gordos, angustiados, sofisticados, groseros, aterrados... pero monos. Monos todos.

ROBERTSON GAMBOA - ¡Monos!

ENRIQUE - Monos, si.¡Monos!

JOSE DEL GRANADO - ¡Dice monos! Monos, dice.

ENRIQUE - Si, monos.

RAMIRO LOPERA - Nadie puede llamarnos monos.

ROQUE ARIAS - Es un delito.

LUISA TOVAR - Llamarnos monos es violar la ley; una ley conquistada con sangre.

CASILDO HERRERA - La ley es clara: nadie será víctima de injusticias ni de abusos ni de explotación a causa de su piel, de su religión, de su raza ni de sus ideas.

LUISA TOVAR - Sea hombre o sea mujer, no lo olvides...

DR. MARTINEZ - Nadie es diferente. Todos somos iguales.

DARIO RONCAL - Por ley.

ROBERTSON GAMBOA - Por ley, nadie es mono aquí. Todos somos seres humanos. La ley es igual para todos, v todos somos iguales.

RIGOBERTO DIAZ - Nadie es mono, porque nadie quiere ser mono.

CASILDO HERRERA - ¡Todos somos hombres galácticos!

ENRIQUE - ¡Pero si, te digo! Son monos. Mira sus cuerpos. Mira sus caras. Mira sus gestos. Mira sus vestidos. Escúchalos: ¡no pueden hablar! ¡No hablan nada! Gritan. Chillan. Chillan como chimpancés en su jaula con ruedas.

LUISA TOVAR - ¡Monos! ¡Nadie puede llamarnos monos!

ENRIQUE - ¡Son monos!

JOSE DEL GRANADO - Pero nadie puede llamarnos monos. ¡Por ley!

ENRIQUE - ¡El subterráneo es una cloaca! ¡Una cloaca!

DR. MARTINEZ - ¡Cloaca!

DARIO RONCAL - ¡Cloaca, dice!

ENRIQUE - ¡Cloaca, repito! Hacen una cloaca para el desperdicio industrial y hacen otra para el excremento y la basura. Hacen una para los residuos químicos y hacen otra para los desperdicios humanos, para estos pobres delincuentes, estos delincuentes pobres que viajamos en nuestra propia cloaca, el subterráneo.

ROBERTSON GAMBOA - ¡Tú viajas en el subterráneo!

ENRIQUE - Si. Mi libertad se ha reducido a eso: viajo en mi cloaca asignada.

RICARDO GOMEZ - ¡Pero eres libre! ¡Puedes elegir!

ENRIQUE - Puedo elegir lo que puedo pagar. La cloaca es mi mundo, y no tengo otro. Para trabajar, el subterráneo. Para volver a ver a mis hijos, el subterráneo. El subterráneo es mi jaula cotidiana, es mi celda cada noche. ¡Es mi vida, esta cloaca! Es lo único que veo, en lugar del sol. Es lo único que huelo, y sólo hay flores de plástico...

LUISA TOVAR - ¡Tú no entiendes la libertad!

ENRIQUE - Si, la entiendo: en vez de darme una sonrisa, me he dado el trasero. ¡También a ella le duele el trasero!

DR. MARTINEZ - Entiende: ¡eres libre! Entiende: ¡elige!

ENRIQUE - Entiendo; soy libre: puedo elegir entre estos monos y su ley del cuchillo... o las celdas y las torturas de los militares de los que vine huyendo.

FELIX CORONADO - Eres ciego: ¡no entiendes la libertad!

ENRIQUE - He aquí mi libertad: yo elegí esta cloaca porque, con suerte, no me matarán antes de que mis hijos aprendan un oficio... Y después, si me matan, ¿qué más da?

RICARDO GOMEZ - ¿Qué tú dices? ¿Qué tú dices?

ENRIQUE - Me duele el pecho. Estoy tan cansado, que me marcho a casa. (Informa con interés al público). Aquí vivimos muy unidos. Unidos y contentos. Con humildad, pero contentos, mi familia y yo. Aquí llega mi tren. (Se vuelve. Oscuridad).

EN EL TREN SUBTERRANEO

(Imagen general dentro de un vagón del tren subterráneo).

(Imágenes parciales tomadas de esta primera imagen se usarán después, ampliadas, para ilustrar la Voz que representan mientras esa Voz habla, creando así una "persona" para cada figura anónima. Estas ampliaciones podrán ser de cuerpo entero, del rostro, de las manos o de cualquier rasgo o característica propia de cada figura).

(Bajo un haz de luz, Enrique cuelga de su brazo derecho, cogido a una manilla. Su cuerpo gira siguiendo los movimientos del tren. Da la impresión de un gran pedazo de carne colgado en un matadero. A ratos cambia de brazo. Cambia la pierna en que se apoya, busca cierta comodidad. Viaja solo, y de rato en rato espía alrededor suyo. Mira al techo, al piso, se come una uña, se rasca la nariz, etc. Enrique no "vive" esta escena; la imagina entre el ruido y el estruendo del subterráneo, que aumenta y disminuye hasta quedar como fondo. Sólo habla una vez, al concluir la escena).

GORDO - Después de las primeras seiscientas noches en el mismo subterráneo, en la misma ruta y a la misma hora, muchos intentan alguna lectura en el subterráneo.

VAQUERO - Lo cual es un error, porque uno puede aprender miles de cosas, miles de ideas y miles de importantes teorías políticas en el subterráneo. Yo nunca leo en el subterráneo. Yo miro, veo y aprendo.

HOMBRE DELGADO DE NEGRO - Con las masas del subterráneo se amasa la historia.

HOMBRE CON CAJA DE VIOLIN - El subterráneo es la cara tiznada de la libertad.

ENANO CON CIGARRO - De la libertad como madre de la pobreza.

VOZ DE ENRIQUE - (Predica). Yo, en mi país, se quien tiene la culpa de mi pobreza: mi gobierno. Yo tengo derecho a la rebelión en mi país, porque soy pobre. Soy pobre porque no soy libre. Cuando sea libre, no seré ya, jamás, pobre: he allí mi razón de vivir.

GUIA DE SAFARI - El subterráneo y la calle son hijos de la libertad. Es aquí donde la sabiduría eterna opta entre los débiles y los fuertes.

OBRERO DE LA CONSTRUCCION - Aquí es donde se machacan los débiles hasta que agonizan.

VAQUERO - Nadie los mata; ellos se mueren...

MUJER EN PIELES - Se mueren solos; sin poder acusar a nadie de su muerte.

HOMBRE CON LIBROS - Se acusan a sí mismos, eso si. Y no es absurdo.

PREDICADOR CON BIBLIA - Su debilidad los condena y mueren como todo condenado, pero no necesitan de ningún verdugo.

HOMBRE CON FLORES - Mueren, simplemente.

DANDY - Como las flores en el invierno.

HOMBRE CON BARBA - Como los pájaros en la sequía.

ATLETA - Como una hormiga bajo un pulgar.

VIUDA - Enloquecen, les nacen cánceres, tumores y zarnas en el alma y en el cuerpo. Pero nadie les mata. Se mueren.

MUJER EN CAMISA DE NOCHE - Mueren, y algunos matan antes de morir.

VAGABUNDA - Pero eso, ¿qué importa? Son delincuentes todos, porque todos son pobres... Mira sus rostros. Mira los rostros del subterráneo...

MONJA CON LABIOS PINTADOS - ¡Somos sombras dantescas!

VIEJO HOMOSEXUAL - Pero libres.

CURA CON PARCHE EN EL OJO - Libres.

LEVANTADOR DE PESAS - Libres.

MUJER CON RADIO PORTATIL- Los rostros... Los rostros... Debo decir que un poco de sol... Lucimos rostros verdes... Rostros fofos, groseros, cadavéricos...

MUCHACHO CON GUITARRA - Y además, nada bonitos: todos tenemos algún tic nervioso, algún resorte que ya no ajusta, y hacemos gestos que no queremos hacer...

JOVEN HOMOSEXUAL - Gestos, gestos así. Así, o así.

FALSO CIEGO CON TAMBOR - Mira los ojos: hay un tic para cada ojo.

MUJER EN CAMISA DE NOCHE - Mira el tic de los ojos. ¡Qué asco!

MUCHACHO CON GUITARRA - La mirada: todas las miradas se pierden en el vacío.

PREDICADOR CON BIBLIA - El precio de una mirada directa es una cuchillada, un puntapié en los genitales, una botella rota que arranca un ojo, un golpe de karate en el cuello...

MONJA CON LABIOS PINTADOS - Sólo los ladrones miran de frente a sus víctimas o los drogados a las suyas...

GORDO - Por eso, debes aprender de prisa. Escucha:

HOMBRE DELGADO DE NEGRO - Nunca des la espalda a nadie y no mires jamás los ojos de nadie.

ATLETA - Recuerda: ¡arriesgas la vida!

VAQUERO - Jamás hables con un extraño y ten siempre veinte pesos para el vicioso que maneja el cuchillo.

PREDICADOR CON BIBLIA - Los demás, los que no podemos matar, miramos al piso así, así o así...

MUJER EN CAMISA DE NOCHE - Miramos al techo así, miramos al espacio así... Miradas de vidrio, sin luz ni reflejo.

HOMBRE CON BARBA - O no miramos nada: fingimos dormir o cerramos los ojos, ejercicio harto peligroso.

VIUDA - (Grita). ¡Anunciando: La Feria de las Narices!

PREDICADOR CON BIBLIA - Mira las narices... Mira las narices... Las narices se fruncen, se estiran, se tapan con los dedos así, se cubren con un pañuelo así o se ocultan tres un diario, así.

DANDY - Las narices son útiles, sin embargo, para ocultarse tras lentes verdes, lentes negros, lentes pesados, lentes gruesos, lentes absurdos.

GORDO - Las narices también sufren disparos nerviosos: hay un tic de las narices y cuando hay el tic de las narices, las narices hacen tic así, así, así, así y así. Hay también un tic que es así. Y el más comun es así: ¡Tic!

FALSO CIEGO CON TAMBOR - ¡Mira las bocas!

GUIA DE SAFARI - Las bocas también se descontrolan... Generalmente, para respirar ... También, para bostezar. Otras bocas se abren solas así, sin control ni dominio. Así, así. ¡Así!

PREDICADOR CON BIBLIA - Las bocas se alivian mascando, chupando o lamiendo una serie inconcebible de porquerías.

VAGABUNDA - Gomas, tabacos, pastillas, drogas.

VIEJO HOMOSEXUAL - Son túneles desdentados sin fondo a las cinco, cuando las gentes duermen.

MUCHACHO CON GUITARRA - Se abren entonces así, así, y así.

MUJER EN CAMISA DE NOCHE - Otras se abren así, así y así.

MUJER CON RADIO PORTATIL - Gestos, todos, que son peculiares del subterráneo. Nadie hace estos gestos en su casa.

ENANO CON CIGARRO - Ni en el templo. Nadie, porque lo creerían loco.

VAGABUNDA - Pero en el subterráneo la locura es en verdad cordura.

VIEJO HOMOSEXUAL - Y un gesto humano es locura.

JOVEN HOMOSEXUAL - A nadie sorprenden los locos del subterráneo, y todos aprecian nuestra original cultura.

VOZ DE ENRIQUE - Es la cultura de la cloaca.

CURA CON PARCHE EN EL OJO - (Grita). ¡Mira los cuerpos!

MUJER EN PIELES - ¡Ah, los cuerpos! Esta es una raza diferente. Somos los mutantes, que nada tienen ya del mono desnudo original.

ATLETA - Todos los excesos conducen a todas las deformaciones.

VIUDA - En el frío todos somos osos con pieles de plástico y de algodón.

MONJA CON LABIOS PINTADOS - En el calor, nos exhibimos en nuestra propia piel, vamos desnudos.

HOMBRE CON CAJA DE VIOLIN - O casi.

GUIA DE SAFARI - Así que las grasas, los pelos, las secreciones, los tatuajes y las cicatrices se lucen como medallas.

OBRERO DE LA CONSTRUCCION - Hay cabezas enormes sobre esqueletos diminutos.

VAQUERO - 0 cabezas de jíbaro sobre montañas de grasa.

HOMBRE CON LIBROS - No hay belleza: una mujer bella aquí sería como una flor en el infierno.

PREDICADOR CON BIBLIA - Sería un milagro, un accidente inconcebible...

HOMBRE CON FLORES - En trece años, yo sólo vi dos mujeres bellas en la noche del subterráneo.

FALSO CIEGO CON TAMBOR - Pero no sólo somos estos mutantes hijos del exceso, los abusos y el azar...

MUCHACHO CON GUITARRA - Somos retratos vivos de los vicios y las laceraciones que infligen los siete pecados capitales al cuerpo humano, el primer templo de Dios.

HOMBRE DELGADO DE NEGRO - La gula, deporte masificado, luce sus monumentos vivos en el subterráneo.

LEVANTADOR DE PESAS - ¡Monumentos monumentales!

GORDO - El alcohol maltrata los rostros, inflama los vientres.

HOMBRE CON BARBA - Y los vicios contrarios: para adelgazar, las mujeres hacen como los emperadores romanos: anorexia; vomitan todo el tiempo y viven de extrañas mezclas que las convierten en esperpentos delgados, en horribles brujas...

DANDY - ¡Brujas, eso son! Torpes, malas, violentas. ¡Odiosas! ¡Son furias!

VIUDA - Y los deportistas: brazos de titán sobre piernas de espantajo.

HOMBRE CON FLORES - ¡Hay cada hipopótamo humano!

DANDY - Cabezas peladas sobre enormes señoras fofas.

ATLETA - Senos enormes que cuelgan de esqueléticas estructuras.

PREDICADOR CON BIBLIA - Hermafroditas ancianos de rostros pintados y gemidos felinos.

HOMBRE CON BARBA - Hércules de mirada perdida y sonrisa infantil.

GUIA DE SAFARI - Virginales señoritas que blanden un pene de cuatro metros.

VIEJO HOMOSEXUAL - Los niños galopan alegres antes de masacrar a una anciana a puntapiés.

GORDO - Hay perros policías que miran a los hombres con desdén, a las mujeres con angustia, a los niños con hambre sexual.

HOMBRE CON CAJA DE VIOLIN - ¡El subterráneo es una eyaculación infernal lanzada a los cuatro vientos del Universo para danzar en un azar enloquecido!

CURA CON PARCHE EN EL OJO - Hay, sin embargo, una constante: todos nos hacemos monstruos en el subterráneo.

JOVEN HOMOSEXUAL - ¿Las voces?

VIEJO HOMOSEXUAL - ¿Nuestras voces? ¡No hay voces! Las máquinas crujen y rugen y chillan y silban y aúllan y matan las voces.

OBRERO DE LA CONSTRUCCION - Si uno viaja solo, y siempre viaja solo uno en el subterráneo... No necesita hablar.

GUIA DE SAFARI - Si va acompañado, uno va en verdad solo, porque aquí no se puede hablar. Uno debe gritar. Gritar contra el estruendo eterno de latas viejas, chirridos, frenos, hipos y bramidos del dragón de lata que nos engulle y regurgita.

HOMBRE CON CAJA DE VIOLIN - Nadie habla. Si grita, es el grito de la fiera primordial. Ladra o ruge.

MONJA CON LABIOS PINTADOS - O aúlla. O agoniza.

GORDO - ¡Socorro! ¡Aug! ¡Gaaaa!

MUCHACHO CON GUITARRA - Lo demás es un torbellino de truenos metálicos.

MONJA CON LABIOS PINTADOS - ¿El amor?

VAQUERO - El amor aquí abajo es el coito.

CURA CON PARCHE EN EL OJO - El amor es imposible, además.

VAGABUNDA - Porque es imposible y porque es el coito, los mutantes exhiben su amor público para sembrar la sorda envidia de los demás.

ENANO CON CIGARRO - Van pegados ambos, de nueve o de noventa, hembra y macho, macho y macho, hembra, macho y hembra... O lo que se sean, y se retuercen, babean y besuquean sin pudor ni respeto, en una caricatura grotesca de canes en celo.

MUJER CON RADIO PORTATIL - ¡Ah, el amor en el subterráneo! Insulto que daña los ojos, ensucia el alma y nos disminuye a todos.

GUIA DE SAFARI - Amor enfermo, angustiado y fingido, amor desviado, disfraz grotesco, ademán estúpido y animal...

VIEJO HOMOSEXUAL - ...desesperado amor de coitos improvisados contra la soledad.

OBRERO DE LA CONSTRUCCION - ¡Los ojos! ¡Los ojos!

GORDO - Los ojos del subterráneo son espejos de almas asesinadas porque tener alma es un defecto insoportable.

HOMBRE CON LIBROS - Los ojos del subterráneo asesinaron la inocencia hace milenios.

MUJER CON RADIO PORTATIL - Los ojos se licúan, se vacían, se apagan, mueren.

MUJER EN CAMISA DE NOCHE - Son ojos de peces muertos, ojos de cristal seco y agostado.

ATLETA - Tienen la sabiduría de los viejos vicios: nada les sorprende, nada les inquieta, nada les alegra.

VAGABUNDA - Su vocación es la ceguera voluntaria. Temen al sol porque nunca lo ven, buscan las sombras porque en ellas perviven, huyen de los ojos ajenos.

HOMBRE CON CAJA DE VIOLIN - Los ojos del subterráneo se cubren con cristales extraños de colores eléctricos, se ocultan tras diarios y revistas, se cierran o entrecierran porque no hay acoso más feroz que el temor constante...

HOMBRE CON LIBROS - ...los ojos del subterráneo son como las lápidas, las puertas últimas tapiadas por el vacío...

VAQUERO - (Grita). Anunciando: ¡El vestido!

JOVEN HOMOSEXUAL - Harapos. Con harapos nos cubrimos, harapos somos, harapos y nada más que harapos.

MUJER CON RADIO PORTATIL - Le mugre es diferente. Es una mugre que late y lo ensucia todo. En una patina gelatinosa que cuelga de los párpados. Una mugre de neón.

MUJER EN CAMISA DE NOCHE - El vestido es el retrato de esas ideas, de esas pesadillas, de esas desesperaciones.

HOMBRE CON LIBROS - Es el espejo del absurdo que medra dentro de estas mentes, torturadas y aplastadas por el trueno eterno que viene de todas partes, el gemido y el gruñido y el alarido titánico del subterráneo y de su madre, la ciudad.

MUCHACHO CON GUITARRA - Si alguien inventara el silencio en el subterráneo, sus habitantes saldríamos huyendo como cucarachas enloquecidas de estos túneles hediondos.

MONJA CON LABIOS PINTADOS - El tren es un cíclope que corre por la noche eterna del fondo de la tierra...

ENANO CON CIGARRO - Dentro de este gusano veloz en harapos, pintado, teñido, rasgado y signado de orina, excremento y grafitti, vamos nosotros, los bárbaros del siglo tecnológico.

VAQUERO - Luciendo nuestros harapos como uniformes, mostrando nuestros harapos de mentes y cuerpos como medallas, exhibiendo en nuestras desnudeces y nuestras pelambres los harapos de nuestras almas.

MUJER CON RADIO PORTATIL - Los harapos del subterráneo son el genio, la figura y el espíritu de los harapos que hemos tajeado en el alma humana.

MUJER EN PIELES - (Declama). Inmenso castigo tus ojos... Castigo inmenso tus oídos, dolor perenne en el pecho es esto de viajar dos veces por día, dos horas por vez, hombro a hombro, codo a codo, raza y raza, como paciente animal en ruta al matadero...

VOCES - Cada día, cada mes, cada año. Cada vida, cada hombre, cada mujer...

ENRIQUE - (Concluyente). La democracia viva y ardiente dentro de una lata de sardinas.

JOVEN HOMOSEXUAL - ...una sorda desesperación que es imposible gritar porque nadie nos escucha. ¡Nadie nos escucha jamás!

VAGABUNDA - A menos que matemos.

VIEJO HOMOSEXUAL - ¡Amok!

OBRERO DE LA CONSTRUCCION - Amok.

VAGABUNDA - Cuando se rompe un resorte en la frente y se almacenan escopetas y ametralladoras en el ropero...

HOMBRE CON LIBROS - ¡Amok!

JOVEN HOMOSEXUAL - Cuando se exige justicia pero se es de humo, de cristal y nadie nos ve ni nos escucha...

VIUDA - Amok.

HOMBRE CON BARBA - Cuando se inyecta el último veneno, el más amargo, y hay dos cuchillos en la cocina estrecha y sucia...

JOVEN HOMOSEXUAL - Amok.

MUCHACHO CON GUITARRA - Cuando el niño enferma y no puede dormir, y llora y llora y llora...

FALSO CIEGO CON TAMBOR - Amok.

OBRERO DE LA CONSTRUCCION - Cuando pesa un denso, insoportable silencio en la noche...

(Chillido).

 MUJER EN CAMISA DE NOCHE - Amok.

GORDO - La hora última. La hora del ajuste de cuentas, de la violencia que redime.

ENRIQUE - (Al público). Disculpen. Eso es el subterráneo, dicen. Aquí bajo yo. Este es mi barrio. Buenos días.

(Sale).

(Oscuridad).

EL BARRIO

(Imagen general de una calle del Barrio).

(Imágenes parciales tomadas de esta primera imagen se usarán después, ampliadas, para ilustrar la Voz que representan, creándole así una "persona". Estas ampliaciones podrán ser de cuerpo entero, del rostro, de las manos o de cualquier rasgo o característica propia de cada figura).

(Luz).

ENRIQUE - (Manos en los bolsillos del sacón, parado, mirando a la derecha). Estoy aprendiendo coreano con mi vecino porque vivo en un enorme campo de refugiados. Claro que nadie lo llama así, pero es un campo de refugiados. Se llama Bosque de los Álamos.

LUCHO CAMPOS - Somos los refugiados de las guerras oficiales del siglo...

LUCHO VIDAL - ...y los refugiados de las guerras no oficiales de la centuria.

PROF. ANAYA - Las que se relatan en los libros de historia y las guerras que se anotan en revistas y semanarios: la guerra del crack y la guerra de la coca; la guerra de la banana y la guerra de la marihuana. La del estaño y la del cobre...

DR. FERRUFINO - Todos somos extranjeros: hay chinos, hay vietnamitas, hay pakistaníes, hay indostanos, hay haitianos, hay colombianos, hay coreanos, hay congoleses...

SRA. FERRUFINO - Guyaneses, tibetanos, hay mejicanos, brasileños, argentinos, uruguayos, paraguayos, bolivianos, peruanos, ecuatorianos, quechuas y aymaras, araucanos y fueguinos...

JUAN CALDERON - Y salvadoreños, que ya llegaron hace buen rato. Después vendrán los guatemaltecos, los hondureños, los costarricenses, los...

PEDRO OCAMPO - Por supuesto, hay cubanos, porque ellos abrieron el camino. Hay chilenos, también. Hay gente llegada de todos los campos de batalla.

CARLOS TERUEL - Y todos somos, claro, extranjeros.

RITA RUIBAL - Hay también algunos nativos.

JORGE LUIZ - Los nativos resultan los más extranjeros entre tantos extranjeros.

ORFEO ANGELUZ - Son los únicos extranjeros que sufren la transformación de su pueblito en un campo de refugiados.

RICARDO TAPIA - Porque en realidad estos fueron pueblitos, pueblitos sembrados lado a lado, cada uno con su alcaldía, su casa comunal, su cuartel de policía, su cuartel de bomberos, su farmacia, su cine, su salón pornográfico y su bar preferido.

DR. BERNAL - Los que más sufren son los nativos y, entre ellos, los nativos ancianos, porque han visto transformarse estos pueblitos en una inmensa olla de grillos.

REX RODO - Salen a las calles a veces, limpios como un silbido, y se quedan parados en las esquinas, parados y pasmados, atónitos al descubrir que esta esquina se ha convertido en Hong Kong...

LUIS BOCANGEL - Aquella en Caracas, aquella otra en Río de Janeiro, esta de más acá en Bogotá y la de más lejos en Tijuana.

ELOY BLASCO - Por no hablar de Islamabad, Nueva Delhi, Buenos Aires y Portoprins.

MARINA DELGADO - A todos nos distingue ese rasgo común: todos amamos la libertad.

BLAS RAMIREZ - La amamos más que muchas otras gentes, y lo hemos abandonado todo por la libertad.

VOCES - Somos exiliados.

VOCES - Somos expatriados.

MARINA DELGADO - Los expatriados nos dividimos en dos grandes familias.

SANDRO CAREAGA - Los que huimos de los dictadores y sus torturas y crímenes, variados como son, y los que huimos del hambre y la miseria, únicas como serán siempre.

JAIME PEREZ - Los refugiados políticos huimos de las dictaduras y somos refugiados legítimos. Algunos.

HERNAN PEREIRA - Los refugiados económicos huimos del hambre y la miseria y no somos refugiados legítimos, somos ilegales.

FELIPE OSTOS - Los ilegales deben aprender, por tanto, que es fácil legalizar su hambre y su miseria.

HERMES CORTEZ - Consiste en asesinar a algún agente del dictador apropiado antes de salir huyendo.

FELIPE OSTOS - Pero cuidado; nunca maten al dictador mismo.

JUAN RUIZ - Porque entonces jamás serán refugiados.

JAIME PEREZ - Serán celebridades.

REX RODO - Así y todo, nada da más legitimidad al refugiado que el haber matado a alguien. 0 haber tratado de matarlo.

ADALBERTO PANDO - Morirse de hambre nunca es un acto heroico.

JESUS RUIZ - Es un acto estúpido.

PEDRO TRIANA - Huir matando o matar huyendo es siempre un acto heroico.

JACK MAMANI - Y cuando se trata de los sirvientes de algún dictador, hasta es moral.

LUIS TIRADO - Ergo: para legitimar el hambre de un refugiado, el refugiado debe ser un criminal.

ENRIQUE - Disculpen. Aquí viva yo.

(Da una media vuelta y sale de escena).

(Oscuridad. Pausa. Luz).

EL DEPARTAMENTO

(Imagen de la Familia como grupo humano: padres, Vera, de 8, Alejo de 11, Cecilia, de12 años).

(Imágenes parciales tomadas de esta primera imagen se usarán después, ampliadas, para ilustrar la Voz que representan, creándole así una "persona".

Estas ampliaciones podrán ser de cuerpo entero, del rostro, de las manos o de cualquier rasgo o característica propia de cada figura).

ENRIQUE - (Entra. En camisa). ¡Buenas noches!

YOLANDA - Hay una magia especial en este lugar, Enrique. Consiste en ese llamado constante que nos hace, ese desafío y esa invitación:

VOZ - Tú que nada tienes, tú que nada eres, tú que has sido rechazado por los tuyos, tú el acosado, el torturado, explotado y olvidado por los tuyos; he aquí, eres afortunado: puedes ser uno entre nosotros. Ni mejor ni peor, pero uno entre nosotros. He aquí: has hallado tu refugio, el refugio que buscabas ya antes de nacer.

ENRIQUE - Es el canto de la sirena.

YOLANDA - Pero me siento bien aquí. Me siento mejor que nunca. Me gusta.

ENRIQUE - (Al público). Mi castillo no es muy grande. Son tres piezas. No es muy cómodo. (Pasa un tren). Está construido junto al tren. A veces parece estar debajo del tren. Cuando uno duerme, uno sueña con terremotos, maremotos y hecatombes. Yolanda: (Pasa un tren). Yolanda... ¿te molesta el tren?

YOLANDA - (Conciliatoria). A mí, no. Ya no lo escucho. Ya me acostumbré.

ENRIQUE - (Sonríe). Mi castillo tiene tres candados. (Da dos pasos). Tiene un balcón, donde es posible conversar de cuando en cuando... (Pasa un avión). ...cuando no pasa un avión. Con buen tiempo, cada minuto pasa un avión. En verano, cuando hace un calor terrible y pasa... (Pasa un tren). ...pasa un tren, no se puede conversar. Cuando pasa un avión... (Pasa un avión). ...no se puede conversar, decía, con tanto tren y tanto avión.

YOLANDA - A mí, esta ciudad me gusta. Nadie nos molesta aquí.

CECILIA - Yo no podría vivir en otra parte.

ENRIQUE - Nueva York es un sueño, una utopía, un imposible. Se habla de Nueva York cuando se piensa en Manhattan. Manhattan es un monumento como otro monumento: Disneyworld. ¿Quién no quiere vivir en Disneyworld?

CECILIA - ¡Yo quiero vivir en Disneyworld!

ALEJO - ¡Yo quiero vivir en Disneyworld!

VERA - ¡Yo quiero vivil en Disneyworld!

ENRIQUE - Pero no se puede vivir en Disneyworld. Se puede visitar Disneyworld, pasar unos días en Disneyworld, tal vez, pero no se puede vivir en Disneyworld.

VERA - ¿Por qué?

ENRIQUE - Porque no existe. No es real. Es un sueño de gelatina.

Hijos -¡Vamos a Manhattan!

CECILIA - ¡Vamos a vivir nuestras soñanzas!

ALEJO - ¡Nuestros sueños y nuestras esperanzas!

VERA - ¡Vamos a vivir la vacación del millón de años!

(Pies que se apartan en una carrera).

(Enrique queda solo, con los brazos colgando a los costados. Avanza dos o tres pasos hasta la mesa. Se sienta. Suspira. Pasa un avión. Enrique enciende un cigarrillo. Fuma. Mira alrededor suyo. Fuma. Pasa un tren, con gran estruendo. Así transcurren dos a tres minutos. Los aviones y los trenes hacen tal estruendo cuando pasan que hacen imposible toda conversación. Enrique fuma. Sin muchas ganas, se vuelve hacia la mesa. Saca un papel, lo mete en la máquina de escribir, deja el cigarrillo y empieza a escribir).

(Imágenes de la metrópolis combinadas con imágenes de SUR).

(La máquina de escribir se escucha con claridad. Cuando ya Enrique está dedicado a su trabajo, pasa un tren. Enrique fuma. Lee. Niega con la cabeza. Arranca el papel de la máquina. Fuma. Coloca otro papel. Pasa un avión. Espera hasta que el zumbido desaparece. Fuma. Mira el papel blanco. Se rasca el revés de una mano. Se pone de pie. Se ordena la ropa. Se pasa la mano por el cabello. Se abre el cuello de la camisa. Se afloja el cinturón. Pasa un tren. Pasa un avión. Enrique se sienta. Vacilante, escribe una línea. La lee. Arranca la página de la máquina. La arroja lejos. Fuma. Lanza el humo al techo. Coloca otra página en la máquina. Pasa un avión. Mira al techo, impaciente. El zumbido desaparece. Se dispone a escribir otra vez, pero pasa un tren. Se pone de pie. Camina, desaparece en las sombras. Se escucha un portazo).

(Enrique reaparece bajo la luz. Se sienta. Estira los brazos y ejercita los dedos, como un pianista. Se decide a empezar. Pasa un tren. Golpea la mesa con los dedos. Saca un cigarrillo. Lo enciende. Mira el papel. Se apoya con el mentón en las manos. Con un dedo, ensaya algunas letras lentamente. Se endereza. Se dispone a empezar otra vez).

(Empieza. Avanza un párrafo. Pasa un avión. El continúa. Pasa un tren. El continúa. Pasa un avión. El continúa. Suena el teléfono. El continúa. Pasa un avión. El continúa. Pasa un avión. Para. Se abraza él mismo. Lee. Se rasca la nariz. El teléfono deja de sonar. Fuma. Escribe otra vez. Pasa un avión. Para.

Se pone las manos en las orejas. Se jala el cabello. Pasa un tren, largo.

Nervioso, se pone de pie. Lanza los puños contra el cielo. Desaparece

rápidamente entre las sombras. Pasa un avión. Pasa un tren lentamente. Pasa

un carro de bomberos. Pasa un auto de la policía, haciendo aullar la sirena.

Pasa un auto tocando la bocina rítmicamente. Pasa un avión. La "voz" de un

televisor aumenta paulatinamente de volumen. Otras voces de radios y otros

televisores. Todos los sonidos componen un gran estruendo que aumenta

hasta molestarnos y luego disminuye hasta volver al silencio. Luz).

(Imágenes Callawayas y aymaras).

(Desde el fondo, Enrique entra vestido con un poncho y un llujchu. Trae en la

mano una manta india. Masca algo con cierto esfuerzo. Avanza y luego

extiende la manta con un gesto amplio y se sienta tras ella al modo oriental.

Tiene también una llijlla, un bolsa indígena. Extiende un pañuelo grande

sobre la manta. Saca la llijlla, saca una docena de hojas verdes, dice algo que

no entendemos y las arroja al aire observándolas cuando caen sobre el

pañuelo. Murmura otra vez. Continúa mascando. Se escucha una música

triste, pentatónica. Enrique está inmóvil, excepto por la masticación. Estudia

con gran cuidado cada hoja en el pañuelo. Lee en las hojas. Murmura otras

palabras que no entendemos. Saca un cigarrillo y fuma, pero lo enciende de

manera aparatosa y lo fuma por el medio de la boca, sujetándolo con tres

dedos. Lanza grandes bocanadas de humo al aire y lee en el humo. Masca.

Luego levanta cuidadosamente las hojas de coca, las lanza al aire y sobre el

pañuelo. Las lee como quien lee su suerte. Masca. Fuma. Cierra los ojos.

Habla. Abre los ojos y habla al público).

ENRIQUE - Sólo sigo un consejo... Un viejo consuelo de Don Humberto

Enrique, que Dios tenga en su gloria: cuando las cosas se complican

demasiado, hijo, decía, vuelve a la tierra. Vuelve el alma a la tierra. Fija el espíritu en la tierra. En tu tierra. (Por unos instantes, repite el ritual. Después recoge las hojas de coca con sumo cuidado y las guarda en la llijlla).

ENRIQUE - Este soy yo, si los españoles no hubieran venido nunca. De perfil diferente, tal vez ... Pero, en esencia, este sería yo si Colón hubiera hundido sus naves, o si Dios hubiera tenido piedad de un continente y Don Cristobal se hubiera llevado consigo a la peste negra... o la Mar Oceano hubiera sido mucho más grande... Así, como me ven, hubiera sido yo si Dios hubiera decidido no poner fin a la era de la inocencia. Si hubiera decidido Dios no morirse nunca... Si hubiera decidido no permitir el genocidio del hombre rojo, del hombre de cobre, las cadenas del hombre negro.

Este soy yo, el inocente, si Francisco Pizarro hubiera sufrido una hepatitis fulminante, si Vasco de Gama hubiera muerto en su cuna, si Diego de Almagro se hubiera roto el cuello, si Pedrarias no hubiera conocido Panamá... Si Cortés se hubiera quemado con sus navíos, si los moros hubieran conservado Granada, si el Gran Khan hubiera lanzado a sus centauros a desangrar el orbe y ellos hubieran preferido sus caballos y la estepa... y todos cantáramos hoy esas monótonas leyendas sobre las viejas y extintas tribus blancas que habitaron las nieves del Norte...

Este soy yo si el mundo no fuera el hábitat del nuevo bárbaro, el dominio del Gran Dios Cibernético. Si bwana hubiera sido acogido por alguna plaga piadosa, si los dioses no pudieran enloquecer también ellos... (Fuma. Cuando habla indica las prendas de que habla).

ENRIQUE - Esto es un Ilujchu. Es maravilloso entre las nieves andinas. Esto es un poncho. A todos nos gusta el poncho. Esto es coca. Yo masco las hojas de coca para sentirme poderoso, dicen. Más que poderoso, tranquilo, digo yo. Y también, a veces, para engañar el hambre.

Pero no sólo masco la coca. Yo acullico. Si, a-cu-Ili-co. Los Callawayas de mi país han hecho acullicos durante siglos. Ca-Ila-wa-yas. Eso es: así se

pronuncia. Los Callawayas son los magos. Los grandes doctores. Médicos.
Tribu de magos y doctores. Siguen andando por allí, por los senderos del
Ande, llevando su magia y sus acullicos aquí. (Señala la bolsa). Esta es mi
llijlla. Los Callawayas son milagrosos, como todos los magos verdaderos.
(Fuma). La coca es mágica también. Yo lanzo la coca así... y cae así, y leo en
las hojas de coca mi futuro. El futuro de todos y el futuro de cada uno.
(Fuma).

ENRIQUE - Es decir, podría leerlo si fuera Ca-lla-wa-ya, que no lo soy. Y si
supiera acullicar como la Pachamama manda, que no lo se. Si en realidad
fuera yo mi tatarabuelo, o el tatarabuelo de mi tatarabuelo mejor todavía, que
no lo soy... Lo cual no impide que me siente así, como se sentaba el
tatarabuelo de mi tatarabuelo, y masque la coca así, como la mascaba el
primer Callawaya, y lea así (lanza los hojas y caen al pañuelo) mis hojas de
coca. Y repita, como si supiera lo que estoy haciendo:

(Aspira. Cierra los ojos. Pausa).

Ama Sua - Ama Llulla - Ama Kella.

(Pausa).

ENRIQUE - (Abre los ojos. Sonríe apenas). Esas frases las aprendí en la
escuela cuando tenía ocho años. Son la ley del hombre de cobre. Ama sua -
no seas flojo. Ama Llulla - no seas ladrón. Ama Sua - no seas mentiroso...
Fácil, ¿verdad? Son sólo tres mandamientos... No diez ni quince, como los
del dios más nuevo. (Fuma, mira alrededor). Ahora todo está tranquilo...
(Lejana sirena policial). ...porque son las tres de la mañana. Casi todos
duermen. Parece. Los trenes vienen a las cinco. Los aviones vienen con el sol
y la televisión con los niños, cuando despiertan. Pero hasta entonces...
(Fuma). ...acullico, leo mi suerte en las hojas de coca, fumo y repito la Ley
Primera. Me calma los nervios. (Repite el ritual. Masca. Fuma. Lanza las
hojas sobre el pañuelo. Murmura palabras que no entendemos. La música

continúa. Pausa. Se escucha aproximarse un tren por la derecha, que pasa con gran estruendo y desaparece por la izquierda. Enrique intenta ignorar la situación. Lanza las hojas sobre el pañuelo. Masca. Fuma. Pasa un tren. Y otro. Pasa uno largo. Enrique intenta concentrarse en lo que hace, no escuchar más que la música).

ENRIQUE - (Al público). La lectura de la coca no es difícil. Basta estudiar el modo en que caen las hojas. De cara, de plano, de perfil, de punta, de cola, hacia el norte, hacia el sur, hacia nor-noreste, hacia mi pecho, hacia mis genitales... Todo tiene un significado. Nada es obra del azar... Todo está en estas hojas, todo lo dicen. Todo se puede leer. Un mensaje claro para todos los seres vivientes. (Pasa un tren). Dentro de mi cabeza, porque acullico, hay silencio, hay orden, hay armonía, como cuando yo era un niño. (Pasa un tren). Hay un enorme consuelo en el orden en que caen estas hojas sobre el pañuelo... Es como la palabra de Dios, como una carta de los parientes que nos esperan en la otra orilla. Nos hablan ... (Pasa un tren). Ya deben ser las cinco de la mañana, maldición... No sólo nos hablan del pasado y del presente, sino también nos dicen del futuro, de la suerte que corrieron nuestros muertos...

Pero yo no puedo leer esas hojas. No puedo leer lo que me dicen... sobre los muertos, nuestros muertos. Quisiera ver aquí, si acullico, si acullico a conciencia, si acullico con desesperación... tal vez puedo ver, digo, si acullico para no ver más que las hojas, el humo de mi cigarro y las luces que estallan en mi cabeza... (Pasa un tren) Puedo ver lo que ha sido, lo que es y lo que será... Mascando... (Pasa un tren. Enrique espera que desaparezca el estruendo). ...y escuchando el viento eterno de nuestra música, mi música... (Pasa un tren). Acullicando, fumando, mirando las hojas, el humo... (Queda inmóvil. Los trenes se siguen uno tras otro hasta dominarlo todo con su estruendo. Después, silencio. Pausa.)

(Enrique abre los ojos. Mira a la distancia sin ver nada).

ENRIQUE - Las voces de mis muertos, esas voces que alojé con tanto esfuerzo en mi memoria... Esas voces que debieron seguirme siempre, debieron hablar, vivir en mí... para poder copiar sus ecos cuando hubiera un poco de paz y de silencio... Esas voces de mis muertos... Voces que se van, que se están yendo como harapos de mi vieja piel, con cada tren que pasa y me hiere los oídos... (Pasa un tren). Ahora ya no puedo escuchar los gemidos de mis niños, aquella noche horrible en que entraron los uniformados a la mina y los mineros recibieron a los asesinos con tres cartuchos de dinamita... Con sus mujeres y sus niños, mis niños, a los asesinos que tenían tanques, ametralladoras, bazukas, drogas y sed... No escucho sus gemidos, sus voces no escucho, sus gritos, su muerte y su pasión, su heroísmo y su coraje... (Lejanos, sordos, gritos humanos, estallido de dinamita, tartamudeo de ametralladoras). Sus voces, sus nombres, su muerte, su muerte... (Pasa un tren con gran estruendo). Ya no puedo escuchar nada.

Ahora no veo ya tan claros los rostros de las gentes con las que compartí el sol del destierro, el cigarrillo de las celdas, esas celdas de lluvia gruesa y portones de madera, candados coloniales, guardianes de abrigos sucios, rifle en bandolera y risa brutal... No veo con claridad el rostro burlón de mis verdugos, los que vi matando a... Los que... El que mató a Mamani... Cuando yo, aquella vez... ¿Quién mató a Mamani? ¿Cómo he podido olvidarlo? ¿Cómo he podido olvidarlo, Dios mío? (Esconde la cara entre las manos. Pasa un tren). Tenía que relatar esas luchas, recoger el eco, sólo el eco, de esos combates, de esos heroísmos... Había que revivir las torturas en la celda, había que llorar otra vez los fusilamientos... Les hicieron comer polvora, dijeron, les hicieron comer pólvora... Había que... Había que... (Pasa un tren). Había que... ¿Qué?

Son más de las cinco. Ya son más de las cinco. Es un pecado. Es un pecado esto de olvidar así, así como así, porque pasa un tren, y pasa otro tren, y otro tren, otro tren siempre... (Pasa un tren). Olvidar digo quien era ese hombre, y por qué quiso matar al tirano, y en qué acabo todo... (Pasa un tren). Aquí no hay lugar para nosotros, los seres humanos. (Pasa un tren). Pero ya no hay dónde esconderse. No hay lugar dónde esconderse. Socorro. (Pasa un tren. La escena se ilumina lentamente). Ya son las seis. Socorro. Ya son las siete. Socorro. Y habrás de ganar el pan tuyo de cada día con el sudor de tu frente. Socorro.

(Imágenes del pasado y del presente de cada miembro de la familia usadas para ilustrar su aculturación).

YOLANDA - Arriba, chicos. ¡Buenos días! ¡Arriba, niños! ¡Hay que estudiar!

VERA - ¡Hoy jugaré con dinosaurios!

ALEJO - Hoy vamos a patinar a Corona.

CECILIA - Hoy vamos a conocer el museo del hombre galáctico.

YOLANDA - Después, todos a Macy's.

ENRIQUE - Socorro.

YOLANDA - Enrique, hay muchas cucarachas... ¿Qué pasa con el auto?

ENRIQUE - Todos somos cucarachas. Socorro.

CECILIA - ¿Cuándo vamos a Disneyworld?

ALEJO - ¿Cuándo compras el Nintendo?

VERA - Quiero patines, yo. ¡Patines!

ENRIQUE - Socorro. No hay acullico que valga.

ALEJO - ¡Nintendo, Nintendo! ¡Necesito un Nintendo!

ENRIQUE - Socorro. (Pasa un avión).

Enrique - Ya comenzaron los aviones. Socorro.

YOLANDA - Enrique, ¿qué haces allí? No pierdas el tiempo. Aquí nadie pierde tiempo. Hay que trabajar. Debes salir a las ocho.

ENRIQUE - Los aviones. Socorro.

CECILIA - ¿Qué haces con esa gorrita tan rara? Quítate esa cosa, papá.

ENRIQUE - ¿Gorrita? Gorrita... Esto no es una gorrita, niña ignorante. ¡Esto es un llujchu!

CECILIA - ¿Un guat?

ENRIQUE - (Se quita la gorra). Bah. Tú no entenderías... (Se la pone).

CECILIA - Nadie puede entender eso, un guat. ¿Un guat?

ENRIQUE - Es muy cómoda. Muy útil contra el frío. Era de tu abuelo.

VERA - ¿De mi abuelo? (Grita). ¡Mamá! Papá dice que tuve un abuelo.

YOLANDA - Todos tenemos abuelos, hija.

VERA - Dana no tiene abuelos, Theng no tiene abuelos. Ramiro no tiene abuelos. Nadie tiene abuelos.

ALEJO - Linda no tiene abuelos. Nunca tuvo abuelos.

YOLANDA - Todos tenemos abuelos. Pero algunos niños no conocieron a sus abuelos.

VERA - Mira a papá. ¡Qué ridículo te ves, papá, con esa cosa en la cabeza!

ENRIQUE - Estaba pensando...

VERA - ¡Quítate ese guat de la cabeza!

ALEJO - Y ese trapo tan feo del cuerpo. ¡Es un trapo viejo!

ENRIQUE - No es feo...

YOLANDA - Se vería mejor en la pared, colgado como adorno.

ALEJO - Como un trofeo.

ENRIQUE - ¿Colgado en la pared? Pero... ¿estás loca? ¿Cómo vas a colgar el poncho de mi abuelo en la pared? ¿Por qué no cuelgas un impermeable?

CECILIA - Yo creo que colgarlo sería mejor. Sería como un adorno raro.

ENRIQUE - No lo permitiré. (Pasa un tren). Socorro...

YOLANDA - ¿Y esas hojas? ¿Qué son esas hojas?

ENRIQUE - (Vacilante). Acullico...

YOLANDA - Enrique, ¡tú estás loco! ¿Qué haces con esas cosas aquí? ¿Qué haces con esas hojas delante de los niños... ¡Quema esas porquerías!

ENRIQUE - Pero... ¡Yolanda!

YOLANDA - Basta de locuras. ¡A la basura! Ya mismo.

ENRIQUE - Pero... pero... (Pasa un avión). Socorro.

YOLANDA - Esas cosas ya no se hacen. Nadie cree en esas supersticiones. Enrique, debes ir a trabajar.

ENRIQUE - Pero... Yolanda...

ALEJO - Bota esas cosas raras, dice mamá.

VERA - ¡Ya apareció el Conejo Bugs! (Se lo escucha). ¡Bugs el Conejo!

YOLANDA - ¿Qué te llevas para almorzar?

ENRIQUE - ¿Almorzar? ¡No he almorzado una sola vez desde que llegamos! Me paso la vida comiendo pan con salchichas... (Pasa un avión). Socorro.

YOLANDA - Nadie almuerza aquí. Todos se llevan cualquier cosita al trabajo y con eso basta.

ENRIQUE - ¡Pero a mí me gusta almorzar!

YOLANDA - ¿Quién tiene tiempo para almorzar? Aquí no hay tiempo para nada.

CECILIA - Hoy exploraré las estrellas.

ALEJO - Hoy iremos al museo a ver los gliptodontes.

VERA - Hoy iremos al aeropuerto. ¡Manejaré un avión!

YOLANDA - Iremos a los edificios más altos del mundo. (Pasa un tren).

ENRIQUE - Socorro.

YOLANDA - Ya, ponte de pie, Enrique. Ya es hora.

ENRIQUE - Pero... Pero… Pero....

YOLANDA - Nada de nada. Aquí las cosas son diferentes. La vida es dura y hay que trabajar. Pero hay de todo. Hay todo de todo y todo. Trabajo constante y disciplina. Ese es el secreto. Vamos ya.

ENRIQUE - (Se pone de pie. Se quita la gorra. Se quita el poncho. Hace un enredo con sus cosas, las tira fuera de escena). ¿Quién va estar aquí cuando venga yo?

YOLANDA - No podemos; vamos a estudiar inglés.

CECILIA - ¡Viva! ¡Mahattan de noche!

ALEJO - ¡Yo quiero ver el Brooklyn Bridge!

VERA - ¡Viva Manhattan!

ENRIQUE - ¿No habrá nadie cuando llegue yo? ¿Otra vez? (Pasa un avión. Susurra). Socorro.

(La TV pasa un comercial: "This is it". Los niños cantan a coro con la TV).

Hijos - Dis is it. Dis is it. ¡Dis is it!

ENRIQUE – Pero… Pero, hijos, esperen. Yo no los veo nunca...

ALEJO - No podemos; estamos estudiando.

CECILIA - Y además, tú trabajas todas las noches.

ENRIQUE - Pero... ¿es que no tienen tiempo para su propio padre?

YOLANDA - No. Estamos estudiando juntos.

ENRIQUE - ¿Juntos? ¿Tú también? (Pasa un tren).

TODOS - Si. Juntos.

ENRIQUE - ¿Qué estudian?

TODOS - Ai am, yu ar, ji is, shi is, it is, ui ar, ui ar, ui ar, ui ar, UI AR, Ul AR, Ul AR!

(Nuevas voces se unen en estruendo al coro).

VOCES - ¡Ul AR, Ul AR, Ul AR, Ul AR!

(Pasa un tren. La televisión suena y parpadea. El coro prosigue. Pasa un avión. Una sirena policial. Un coche de bomberos. Un avión. Un tren.

Mientras así sucede, Enrique va componiendo el uniforme del oficinista, camisa blanca, corbata, terno, zapatos oscuros. Ya uniformado, se pone un chicle en la boca y comienza a masticarlo. Cuando las Voces se interrumpen, Enrique se vuelve y mira sin expresión al público. Levanta la mano en un típico saludo, índice y medio en la frente).

ENRIQUE - Yep.

(Oscuridad).

Diez Años Después...

Arturo von Vacano

Sur

Personajes	Escena	Nacionalidad	Origen
Abogado (Civil)	La Piel	Bolivia	Origen
Académico (Física)	La Piel	Bolivia	La Paz
Agustino	La Piel	España	La Paz
Alcalde	La Piel	Bolivia	España
Alejo	El Golpe	USA	Uyuni
Almirante	La Piel	Bolivia	Bolivia
Anciana	Masacre	Bolivia	La Paz
Anciana	Masacre	Bolivia	La Paz
Anciano	Masacre	Bolivia	Oruro
Anciano (Jardinero)	La Piel	Bolivia	La Paz
Anita	Víctimas	Bolivia	La Paz
Atlas	Paliza	Bolivia	La Paz
Benavidez	Tortura	Bolivia	La Paz
Boina Roja	Masacre	Bolivia	La Paz
Boina Roja (cabo)	Masacre	Bolivia	La Paz
Boina Verde (tropa)	La Piel		La Paz
Boinas Rojas (tropa)	Acoso	Bolivia	
Caballero (Minero)	La Piel	Bolivia	Beni
Camionero	La Piel	Bolivia	Oruro
Campesino	Masacre	Bolivia	CCba.
Capataz (municipal)	La Piel	Bolivia	Oruro
Carabinero	Masacre	Bolivia	La Paz
Carabinero	Masacre	Bolivia	La Paz
Carnicero	Masacre	Bolivia	La Paz
Cecilia	El Golpe	USA	Ccba.
Chofer	Masacre	Bolivia	Bolivia
Chola	La Piel	Bolivia	La Paz
Cochabamba			Andes
Cura	La Piel	Bolivia	
Daniel	Captura	Bolivia	España
Diego de Almagro	La Piel	España	La Paz

Sur

Edad	Diez Años Después
50	Exiliado. Chile
56	Consul en Asunción
-	
63	Comerciante (Cerveza). Uyuni
9	Estudia Economía. Londres.
?	Ahogado. Lago Titicaca.
-	Fallecida. Oruro.
69	Mendiga. La Paz.
-	Fallecido. La Paz.
65	Muerto. Tuberculosis.
-	Desaparecida.
46	?
58	?
38	Tendero. Oruro.
44	Abogado. La Paz.
	Control Político. La Paz
-	?
54	Retirado. Islas Canarias.
45	Industrial. (Cerveza) La Paz
-	Fallecido. Oruro.
49	Minusválido. (Pierna Derecha)
43	Carabinero. La Paz.
40	Carabinero. La Paz.
43	Carnicero. Cochabamba.
10	Estudia abogacía. Los Angeles.
-	Fallecido. Oruro.
-	Inalterable.
	Ciudad de Bolivia. Valles
39	Párroco. Madrid
36	Empleado. La Paz
-	Socio de Francisco Pizarro

Sur

Personajes	Escena	Nacionalidad	Origen
Diplomático	La Piel		España
Dominico	La Piel	España	
Editor	Exilio	Bolivia	España
Embajador (Perú)	Exilio	Perú	La Paz
Empleado	Masacre	Bolivia	Lima
Empresario (Import)	La Piel	Bolivia	La Paz
Enrique	El Golpe	Bolivia	La Paz
Enrique Peñaranda	La Piel	Bolivia	La Paz
Escolar	Masacre	Bolivia	Tarata
Escolar	La Piel	Bolivia	La Paz
Estudioso (Historia)	La Piel	Bolivia	La Paz
Fernando	Víctimas	Bolivia	La Paz
Franciscano	La Piel	España	La Paz
Francisco Pizarro	La Piel	España	España
General	La Piel	Bolivia	España
Germán Busch	La Piel	Bolivia	La Paz
Hacendado (Carne)	La Piel	Bolivia	Bolivia
Indio	La Piel	Bolivia	Beni
Inquisidor	La Piel		La Paz
Juan Carlos	Víctimas	Bolivia	
Juez	La Piel	Bolivia	La Paz
Julio	Víctimas	Bolivia	Cbba.
Kiko	La Piel	Bolivia	La Paz
Kollasuyo			Oruro
Kuraka. Jefe Indio	La Piel	Bolivia	
La Paz			Oruro
Loayza (Coronel)	Captura	Bolivia	
Luis Recio de León	La Piel	España	La Paz
Maestra	La Piel	Bolivia	España
Maestra	Masacre	Bolivia	Oruro
Maestro	La Piel	Bolivia	La Paz

Sur

Edad	Diez Años Después
	Académico. Santa Cruz.
-	
55	Embajador. Washington.
-	Fallecido.
-	Fallecido. La Paz.
48	Hotelero. Santa Cruz
44	Volvió a Bolivia. Cochabamba.
-	Presidente. Negoció estaño.1935
22	Universitario. La Paz
25	Ingeniería de Minas. Hungría
40	Cuba (?)
-	Desaparecido.
-	
-	Conquistó el Imperio Incaico
-	Hacendado. Santa Cruz
-	Presidente nacionalista. Asesinado.
61	Traficante. (Cocaína). Beni
-	Grupo Aymara - Larecaja
	No quemó a nadie en el Kollasuyo.
-	Fallecido. La Paz
56	Retirado. Santa Cruz
-	Fallecido. La Paz.
39	Miami, USA
	Nombre Inca de Bolivia
50	Kuraka. Jefe Indio
	Ciudad de Bolivia. Andes
60	?
-	
32	Maestra. Oruro
53	Doméstica. París.
54	Maestro. La Paz

Sur

Personajes	Escena	Nacionalidad	Origen
Mamani	El Acoso	Bolivia	La Paz
Marino	El Acoso	Bolivia	La Paz
Marino	Masacre	Bolivia	Cbba.
Martín de Robles	La Piel		La Paz
Medic (militar)	El Acoso	Bolivia	
Melchor de Rodas	La Piel		La Paz
Mercenario	La Piel	Argentina	
Médico	Exilio	Bolivia	?
Médico (Ginecólogo)	La Piel	Bolivia	La Paz
Militar (Ejército)	La Piel		Sta. Cruz
Miss Primavera	La Piel	Bolivia	
Mujer	Víctimas	Bolivia	Sta. Cruz
Mujer Minera	Masacre	Bolivia	Yungas
Mujeres de Caracoles	Masacre	Bolivia	Oruro
Niño Indio	La Piel		
Nuflo de Chavez	La Piel	España	
Obrero	Masacre	Bolivia	España
Obrero (Metales)	La Piel	Bolivia	Oruro
Obrero (Petróleo)	La Piel		Oruro
Oruro			
Panadera	Masacre	Bolivia	
Panadero	La Piel	Bolivia	La Paz
Pastor Indio	La Piel	Bolivia	La Paz
Pedro de Anzúrez	La Piel	España	La Paz
Periodista	La Piel		España
Policía (Urbana)	La Piel	Bolivia	
Portero	Captura	Bolivia	La Paz
Profesor (Cálculo)	La Piel	Bolivia	La Paz
Profesora (Labores)	La Piel	Bolivia	La Paz
Ranger (cabo)	Masacre	Bolivia	Sucre
Ranger (Regimiento)	El Golpe	Bolivia	La Paz

Sur

Edad	Diez Años Después
-	Cadaver desaparecido
48	Contralmirante. La Paz
-	?
?	Muerto en acción (?)
?	?
57	Médico. La Paz.
45	Embajador. Hungría
	Jubilado. Oruro
26	Profesora Rural. Cochabamba
-	Fallecida. La Paz
57	Trabajadora. Copenhague
-	Caracoles. Bolivia.
	Símbolo fuera de Uso
-	Fundó Santa Cruz.
-	Fallecido. La Paz
35	Muerto. Accidente. La Paz
	Comerciante. (Harina)
	Ciudad de Bolivia. Minas
-	Fallecida. La Paz
64	Panadero. La Paz
25	Símbolo fuera de uso
-	Exploró el Beni (Oriente)
47	Inmigrante. USA
37	Policía Urbana. La Paz
57	Portero. La Paz
44	Profesor. Matemáticas. La Paz
-	Falleció. La Paz
45	Agregado Militar. (?)
22	Empleado de Aduana. La Paz

Sur

Personajes	Escena	Nacionalidad	Origen
Reportera	Exilio	Bolivia	La Paz
Roberto	Víctimas	Bolivia	Cbba.
Sacerdote	Masacre	España	La Paz
Santa Cruz			España
Sastre	Masacre	Bolivia	
Secretaria (Salud)	La Piel	Bolivia	La Paz
Señora	La Piel	Bolivia	Cbba.
Simón I. Patiño	La Piel		La Paz
Siringuero (Goma)	La Piel	Bolivia	
Soldado (Ejército)	Masacre	Bolivia	Beni
Soldado (Ejército)	Exilio	Bolivia	La Paz
Sucre			Oruro
Traficante (Drogas)	La Piel	Bolivia	
Tupac Katari	La Piel	Kollasuyo	Sta.Cruz
Turista	La Piel	USA	Andes
Universitario (Leyes)	La Piel	Bolivia	Boston
Universitario (Leyes)	Masacre	Bolivia	Oruro
Vasquez de Urrea	La Piel		La Paz
Vendedor (Zapatos)	La Piel	Bolivia	
Vera	El Golpe	USA	Sucre
Virrey Toledo	La Piel		La Paz
Yolanda	El Golpe	USA	La Paz

Sur

Edad	Diez Años Después
45	Agregada Cultural. Washington.
-	Desaparecido.
-	Desaparecido.
	Ciudad de Bolivia. Oriente
44	Retirado (ciego).
40	Trabajadora Social. Tarma.
48	Ama de Casa. La Paz.
-	Legendario Rey del Estaño.
?	?
33	Capitán. La Paz
33	Comunidad India, Lago Poopo
	Capital de Bolivia
66	Candidato presidencial derrotado
-	Rebelde Indio contra España 1544
51	Turista. Asunción (?)
19	Diputado. No es profesional.
32	Chofer. La Paz.
34	Vendedor. Cocinas. La Paz.
8	Periodista. Nueva York.
	Sede, Lima
37	Volvió a Bolivia. Cochabamba.

Norte

Personajes	Escena	Nacionalidad	Origen
Abel	Oficina	USA	Argentina
Abogado	Station	USA	Chile
Adalberto Pando	Barrio	USA	Cuzco
Alberto	Oficina	USA	P. Rico
Alex Ruiz	Subway	USA	Panamá
Anciana	Station	Argentina	?
Atleta	Tren	USA	Perth
Blas Ramirez	Barrio	USA	Panamá
Carlos	Oficina	USA	Argentina
Carlos Teruel	Barrio	España	Madrid
Casildo Herrera	Subway	USA	Chile
Chofer	Station	USA	?
Cura con Parche	Tren	USA	Las Vegas
Dandy	Tren	USA	Habana
Darío Perez	Subway	USA	Venezuela
Darío Roncal	Subway	USA	San Juan
Dr. Bernal	Barrio	USA	Potosí
Dr. Ferrufino	Barrio	Bolivia	Oruro
Dr. Martínez	Subway	USA	Chile
El Michi	Subway	?	?
Eloy Blasco	Barrio	USA	Baires
Enano con Cigarro	Tren	France	Paris
Eva Gonzalez	Subway	USA	Baires
Falso Ciego	Tren	Chile	Santiago
Federico Troche	Subway	Perú	Cuzco
Felipe Alcón	Subway	USA	Nicaragua
Felipe Ostos	Barrio	España	Toledo
Felix	Oficina	Perú	Lima
Felix Coronado	Subway	Bolivia	Sta. Cruz
Germán	Oficina	Perú	Lima
Gordo	Tren	USA	Queens

Norte

Edad	Diez Años Después
49	Periodista. Miami.
52	Abogado. NYC.
36	Vendedor de Autos. Queens.
26	Barman. Manhattan.
-	Fallecido. SIDA.
-	Desapareció. Mahattan.
28	Salvavidas. Los Angeles.
34	Cocinero. Harlem.
44	Traductor. Washington.
45	Camarero. Manhattan.
36	Almacenero. Queens.
39	Chofer. Brooklyn
35	Hospital Mental. NYC.
32	Asesinado. Manhattan.
34	Diputado. Caracas
29	Cantante. Miami.
41	Abogado. NYC.
46	Carcel de Lorton. Narcotráfico.
-	?
?	?
39	Locutor. Seattle.
?	Circo Americano. Londres.
33	Bailarina. Miami.
36	Ciego. New Jersey.
32	Cocinero. Arlington VA
37	Maestro. Managua.
35	Camarero. Las Vegas.
45	Reportero. México.
42	Fallecido. Queens.
43	Agente de Viajes. Chicago.
34	Músico. Hollywood.

Arturo von Vacano

Norte

Personajes	Escena	Nacionalidad	Origen
Guía de Safari	Tren	USA	Chicago
Gustavo	Oficina	USA	Bolivia
Gustavo Sotelo	Station	Perú	?
Hermes Cortéz	Barrio	Perú	Arequipa
Hernán Pereira	Barrio	Salvador	Salvador
Hombre con Barba	Tren	USA	Moscú
Hombre con Flores	Tren	USA	Cabo Frío
Hombre con Libros	Tren	USA	Arequipa
Hombre con Violín	Tren	USA	San Diego
Hombre de Negro	Tren	USA	Manila
Jack Mamani	Barrio	USA	Oruro
Jaime Perez	Barrio	México	?
Jesus Ruiz	Barrio	USA	Paita
Johnny Paz	Station	Bolivia	Sucre
Jorge	Oficina	USA	Paraguay
Jorge Luiz	Barrio	USA	Río
José Bonilla	Station	Costa Rica	San José
José del Granado	Subway	USA	Bolivia
Joven Homosexual	Tren	Perú	Lima
Juan "Seis Dedos"	Subway	Cuba	Cuba
Juan Calderón	Barrio	USA	La Paz
Juan Franco	Subway	México	Tijuana
Juan Rodriguez	Station	Salvador	?
Juan Ruiz	Barrio	USA	Valparaíso
Levantador Pesas	Tren	USA	Brooklyn
Lucero Peralta	Subway	USA	México
Lucho Campos	Barrio	USA	Quito
Lucho Vidal	Barrio	USA	Lima
Lucinda Real	Subway	Cuba	Habana
Luis	Oficina	USA	Chile
Luis Bocangel	Barrio	Dominicana	?

Norte

Edad	Diez Años Después
-	?
44	Periodista. Cochabamba.
45	Asesinado. Queens.
37	Médico. Brooklyn.
34	Dependiente. Salvador.
33	Profesor de Idiomas. Manhattan.
29	
36	Programador. Manhattan.
36	Fallecido. SIDA.
45	Actor de Teatro. Los Angeles.
32	Palm Beach. (Lotería).
43	Mariachi. NYC.
41	Mecánico. Queens.
36	Artista. Soho.
38	Alcalde. Asunción.
34	Fallecido. Accidente.
56	Joyero. Manhattan.
48	Cocinero. Manhattan.
19	Fallecido. SIDA.
36	Asesinado. Washington.
34	Portero. Manhattan.
42	?
36	Desocupado. Bronx.
33	Mariachi. Manhattan.
35	Extra. Hollywood.
34	Vendedora. Queens.
43	Pintor. Los Angeles.
45	Fotógrafo. Queens.
33	Ama de Casa. Habana.
45	Periodista. Miami.
34	?

Norte

Personajes	Escena	Nacionalidad	Origen
Luis Paniagua	Subway	Paraguay	Asunción
Luis Tirado	Barrio	Paraguay	Asunción
Luisa Tovar	Subway	USA	Argentina
Marina Delgado	Barrio	Ecuador	Quito
Mario	Oficina	Cuba	?
Mario Arauco	Station	USA	Montevideo
María Lopez	Station	Dominicana	?
Monja Labios Pintados	Tren	USA	Toronto
Muchacho Guitarra	Tren	USA	Provo
Mujer con Radio	Tren	USA	St.Louis
Mujer en Camisola	Tren	USA	Cairo
Mujer en Pieles	Tren	USA	Miami
Niña	Subway	-	-
Obrero Construcción	Tren	USA	N. Mexico
Orfeo Angeluz	Barrio	USA	San José
Pablo Curcio	Station	España	?
Patricia	Oficina	USA	Ecuador
Pedro Ocampo	Barrio	Nicaragua	Managua
Pedro Triana	Barrio	USA	Bogotá
Predicador con Biblia	Tren	USA	La Paz
Prof. Anaya	Barrio	Bolivia	Sucre
Ramiro Lopera	Subway	USA	Oruro
Rex Rodo	Barrio	USA	Tarma
Ricardo Gomez	Subway	USA	Bogotá
Ricardo Gomez	Subway	Argentina	Rioja
Ricardo Tapia	Barrio	Bolivia	Oruro
Rigoberto Diaz	Subway	Colombia	Bogotá
Rita Ruibal	Barrio	USA	San Juan
Roberto Sacoto	Station	USA	?
Robertson Gamboa	Subway	USA	Quito
Ronald Villarroel	Subway	USA	Paita

Norte

Edad   **Diez Años Después**

Edad	Diez Años Después
43	Médico. Asunción.
39	Vendedor, Autos. Los Angeles.
36	Enfermera. Queens.
34	Gerente. Miami.
29	Fallecido. SIDA.
32	Asesinada. Bronx.
36	Misionera. Brasil.
26	Cantante. Los Angeles.
23	Fallecida. SIDA.
32	Hospital Mental. NYC.
36	Mendiga. Manhattan.
32	Símbolo fuera de uso.
5	Reservación India. N. México.
38	Pintor. San José.
34	Desaparecido.
43	Periodista. Washington.
34	Imprenta. Queens.
51	Joyero. Manhattan.
43	Religioso. Miami.
32	Profesor de Inglés. Sucre.
34	Chofer. Washington.
29	Camarero. Manhattan.
23	Dentista. Bronx.
36	Cantor Gaucho. Manhattan.
34	Enfermero. Bronx.
29	Asesinado.
-	Maestro. Bronx.
43	?
36	Asesinado. Washington.
32	Bailarina. Bronx.
38	Desocupado. NYC.

Norte

Personajes	Escena	Nacionalidad	Origen
Roque Arias	Subway	Salvador	Salvador
Sandro Careaga	Barrio	Colombia	Medellín
Santiago Najar	Subway	USA	Guatemala
Secretaria	Station	USA	Colombia
Sra. Ferrufino	Barrio	USA	Mendoza
Ursula Romero	Station	USA	Panamá
Vagabunda	Tren	USA	KansasCity
Vaquero	Tren	USA	Miami
Vendedor	Station	USA	Cuba
Viejo Homosexual	Tren	USA	Lima
Viuda	Tren	USA	Dallas

Norte

Edad	Diez Años Después
27	Joyero. Queens.
37	Camarero. Bronx.
34	Secretaria. Brooklyn.
36	Ama de Casa. Queens.
37	Bailarina. Manhattan.
32	Vagabunda. Washington.
59	Rodeo. Texarkana.
37	Fallecido. SIDA.
38	Gerente de Motel. NYC.
69	Fallecida. Dallas.

Arturo von Vacano es un periodista, escritor, fotógrafo y traductor boliviano.

Sus entrevistas artículos y notas han sido publicados por PARADE de Nueva York y por muchos diarios y revistas de 19 países latinoamericanos. Vacano vive en EE.UU. desde 1980 y fue editor de United Press International en Nueva York y Washington entre 1980 y 1987. Ha sido huésped oficial de Cultura Hispánica en Madrid y Barcelona, invitado oficial de los gobiernos de México y Canadá y trabajó en varios medios en Lima, Buenos Aires, Santiago, México, Caracas y La Paz.

Es autor de "Los Laberintos de la Libertad", 1995; "Morder el Silencio", 1980; "El Apocalipsis de Antón", 1972; "Sombra de Exilio", Premio Municipal 1970, 1970, 1973, 1975, 1976, 1995.

"Morder el Silencio" fue publicada como "Biting Silence" en 1987 por AVON BOOKS. RUMINATOR BOOKS publicó "Biting Silence" en Junio de 2003. NoticiasBolivianas.com publicó como libro digital su "Memoria del Vacío" en Abril de 2004. Latinas Editores publicó "Hombre Masa" en Agosto de 2004.

Amazon.com ofrece "Morder el Silencio", "El Apocalipsis de Antón", "Sombra de Exilio", "Memoria del Vacío", "Hombre Masa" y "Biting Silence" en una tercera edición y otra bilingüe.

http://www.avonvac.com/index.html

..

www.ingramcontent.com/pod-product-compliance
Lightning Source LLC
Chambersburg PA
CBHW031208260626
47169CB00004B/1289